하니와 코코

하니와 코코

최상희 장편소설

비룡소

날개

"새들에겐 날개가 있고, 물고기에겐 지느러미가 있고, 임팔라에겐 날쌔게 달릴 수 있는 다리가 있지."

코코가 말했다.

"사람에겐?"

하니가 물었다.

"그걸 생각하고 있던 참이야."

"아."

하니와 코코는 고개를 들어 한참 동안 하늘을 올려다봤다.

솜사탕 같은 구름이 피어올랐다.

"저기, 있잖아. 뭘 좀 먹으면 생각이 더 잘 날 것 같지 않아? 달콤한 거라든지."

"좋은 생각이야."

코코가 고개를 끄덕였다.

"우리에겐 달콤한 게 있었지."

정원

쉰일곱 개 화분에 물을 준 뒤 고깃국 냄비의 기름을 닦고 나자 공맹희 여사가 할 일은 다 끝났다. 아들에게 쓴 쪽지를 냉장고 앞에 붙여 두고 공 여사는 집안을 한번 둘러보았다. 가운데가 푹 꺼진 소파와 원래 색이 뭐였는지 기억만큼이나 흐릿한 커튼, 자주 빨아서 딸기 무늬가 붉은 점으로 보이는 식탁보를 씌운 탁자와 모양과 크기가 제각각인 식탁 의자 세 개, 오랫동안 유리를 끼워 넣지 않은 장식장, 그 안에 들어 있는 조금씩 이가 나간 그릇과 금이 간 접시들. 푸르스름한 빛에 싸인 방은 마치 바다 바닥에 가라앉아 있는 것 같았다.

작은 부엌 창으로 간신히 비쳐든 인색한 빛이 벽에 걸린 사슴 머리의 뿔에 가닿은 순간 사슴이 번쩍 눈을 떴다.

"미안. 오늘은 너랑 눈 맞출 시간 없다."

공 여사가 손바닥을 마주쳐 탁 소리를 내자 사슴은 다시 눈을 감았다.

"넌 어쩔 셈이냐, 비실아."

창가에 놓인 화분을 향해 공 여사가 말했다.

시들시들한 줄기와 잎은 물을 너무 많이 준 탓이었지만 공 여사는 빛이 부족해서라고 생각했다. 하고많은 집 중에서 밤은 공 여사네 집을 가장 일찍 찾아오고 늦게 떠났다. 소용돌이무늬가 있는 기가 막힌 핑크 색 장미가 필 거라고 화분을 판 꽃집 주인이 말했다. 백여 종 넘게 장미를 길러 봤지만 공 여사는 아직 소용돌이무늬는 본 적이 없었다. 소용돌이라니, 허리케인 같은 걸까? 공 여사는 비실이를 품에 안고 현관 벽에 걸린 모자를 썼다. 작은 짐 가방을 들고 공 여사가 집을 나서는 걸 사슴은 실눈으로 지켜보았다. 탁, 소리가 나며 문이 닫히자 사슴은 도로 눈을 감았다.

공 여사는 집 앞에 세워 둔 자동차에 올라탔다. 남편의 것이지만 오늘부터 남편은 차를 쓸 일이 없을 터였다. 부옇게 먼지를 뒤집어쓴 차창을 바라보며 공 여사는 생각했다.

시동은 어떻게 걸지?

공 여사의 운전 경력은 운전면허 코스를 돌아본 게 전부였다. 그게 삼 년 전인가, 오 년 전인가, 십 년 전인가 그랬다. 이른 여름인 건 확실했다. 운전 학원 한구석에 탐스럽게 피어 있는 수국을 향해 돌진한 기억이 생생했다. 자동차는 수국 바로 앞에서 급정지했다. 바르르 떨고 있는 푸른 꽃을 보며 공 여사는 가슴을 쓸어내렸다. 무사했다. 수국은 공 여사가 제일 좋아하는 꽃이었다.

공 여사는 모자의 챙을 조금 젖힌 뒤 가볍게 심호흡을 하고 자동차 키를 돌렸다. 부르르, 자동차가 몸을 떨었다. 됐어. 엉덩이 밑에 쿠션을 하나 깔았더니 시야가 한결 넓어졌다. 덕분에 액셀러레이터를 밟기 위해서는 전류 실험대 위의 개구리처럼 다리를 쭉 뻗어야 했다. 덜컹, 차가 개구리처럼 튀어 오르더니 앞으로 나가기 시작했다. 집 앞 전봇대에 부딪혀 오른쪽 사이드 미러가 떨어져 나가고 분리수거 쓰레기통 하나가 나뒹구는 사소한 일이 있었지만 자동차는 골목을 서서히 빠져나갔다.

잠시 뒤 공 여사는 부연 차창 밖으로 낯익은 얼굴을 발견했다. 이웃한 이층집에 사는 소녀였다.

이웃집은 늘 우중충한 회색빛에 싸여 있었다. 한때는 눈부신 흰색으로 빛났을 벽은 얼룩과 곰팡이로 더러웠고, 아이 열두 명과 어른 열두 명, 고양이 열두 마리가 강강술래를 하고도 남을 만큼 너른 정원은 일 년 내내 황량한 겨울이었다. 볕이 잘 들지 않는 연립주택 3층에 사는 공 여사는 작은 부엌 창을 통해 이웃집 마당을 내려다보곤 했다. 부연 회색 안개에 묻혀 있는 정원을 향해 공 여사가 중얼거렸다.

태초에 빛이 있으라.

마당 한구석 말라죽은 고목에서 잎이 돋아났다. 노리끼리한 마른 풀이 감쪽같이 사라지고 촉촉하고 부드러운 잔디가 페르시안 카펫처럼 깔렸다. 푸릇한 잔디를 둘러싸고 수선화와 튤립, 작약과 철쭉, 양귀비와 벚꽃, 라일락과 수국, 국화와 동백꽃이 앞다투어 피어났다. 담 너머로 흐드러진 장미 넝쿨이 바람에 흔들리자 향수를 쏟은 듯 향내가 진동했다. 그뿐인가. 거미줄처럼 땅 위로 뻗은 초록 넝쿨을 뒤집어 보면 주먹만 한 딸기가 주렁주렁 달려 있었다. 아무리 따 먹어도 딸기는 금세 열려서 손가락이 빨갛게 되도록 따도 넘쳤다. 남는 딸기로는 물론 잼을 만들어야 할 것이다.

공 여사는 어릴 때부터 달콤한 것에 사족을 못 썼다. 공 여사의 집은 늘 들큰한 냄새로 가득했다. 얼마 전 감기로 병원을 찾았을 때 의사는 말했다. 오래 살고 싶지 않으세요? 공 여사는 입안의 사탕 때문에 아무 대꾸도 못했다. 사탕을 뱉어 내자마자 의사가 입안으로 차가운 구강반사경을 넣어 들쑤셔 댔다. 건강보험료는 달마다 꼬박꼬박 내고도 병원은 일 년에 두어 번 찾을까 말까 한 사람에게 좀 더 친절히 대해도 되지 않느냐고 공 여사는 생각했다. 길 건너 치과 의사는 공 여사를 아주 좋아했다.

하루 종일 이웃집 정원에는 인적이 없었다. 오직 쥐새끼들의 놀이터일 뿐이었다. 모세의 기적이 일어나는 건 아침 일찍 정원을 가로질러 주인 남자가 출근할 때뿐이었다. 쥐들은 혼비백산해서 사방에 난 구멍 속으로 도망쳤다. 그다음은 다시 쥐새끼들 차지였다. 주인 남자가 집으로 돌아오는 모습을 공 여사는 별로 본 적이 없었다. 공 여사는 여덟 시면 잠자리에 들었다. 새벽 한두 시쯤이면 개가 밥을 달라고 짖어대는 통에 일어나야 했기 때문이다.

한번 깨고 나면 다시 잠들기 어려웠다. 고요한 밤, 공 여사는 밀가루를 반죽하고 딸기를 으깨다 부엌 창밖을 내다보곤 했다. 어둠에 잠긴 이웃집 정원의 가운데에 작고 희미한 불빛이 오도카니 드리워 있었다. 빛을 따라가 보면 이 층의 창 하나가 노랗게 불을 밝히고 있었다. 간혹 창가에 어른거리던 그림자가 집을 빠져나와 정원을 서성였다. 이웃집 딸아이였다.

공 여사는 아이가 노란 가방을 메고 유치원에 다닐 때부터 봐 왔다. 노란 가방은 빨간 배낭으로, 다시 좀 더 큰 초록색으로, 그다음에는 튼튼해 보이긴 해도 영 칙칙한 청회색 배낭으로 바뀌었다. 그사이에 아이는 소녀가 되었다. 매일 아침 거의 같은 시각에 소녀는 꼭 학교 가기 싫은 아이처럼 느릿느릿 정원을 가로질러 집을 나섰다. 교복 차림이었으니 아마 학교에 가는 길이었을 것이다.

공 여사는 소녀를 볼 때마다 생각했다.

세상에, 저 아이 엄마는 용돈을 땅에 떨어뜨려 놓나?

이웃집 소녀는 늘 땅만 보고 다녔다. 소녀가 지나가도 쥐새끼들은 피하지도 않았다.

공 여사는 핸들을 꽉 잡은 채로 이웃집 소녀를 천천히 지나쳤다. 늘 그렇듯 소녀의 고개는 바닥을 향해 있었다. 아직 학교 가긴 이른 시각이었다. 공 여사는 차를 세운 뒤 몇 번의 시행착오 끝에 가까스로 왼쪽 차창을 내리고 소녀에게 말을 건넸다.

"태워 줄까?"

소녀는 탐색하는 듯한 눈으로 차 안을 들여다보았다.

"자리가……."

"상관없어. 어차피 자리는 넉넉하니까."

소녀는 더 망설이지 않고 뒷자리에 올라탔다.

다시 차는 출발했다.

백미러에 소녀의 얼굴이 비쳤다. 무뚝뚝한 표정으로 앞만 바라보고 있었다. 공 여사는 소녀에게 어디로 가는지 묻지 않았다는 걸 깨달았다. 하지만 아무래도 상관없었다. 시간은 넘치도록 많았다. 소녀의 행선지가 어디든, 데려다줄 생각이었다. 가야 할 길이 아마 꽤 멀지 싶었다. 공 여사의 옆자리에는 큼직한 핑크 색 트렁크가 실려 있었다. 소녀의 것이었다. 그토록 오래 지켜봤는데도 공 여사는 이웃집 소녀의 이름을 몰랐다. 가방 손잡이에 매달린 이름표가 달랑거렸다. 하니. 이름표에는 그렇게 적혀 있었다.

하니

천장은 낮고 경사는 가팔랐다. 이층집 삼각형 지붕의 꼭지 부분이 하니의 방이었다. 정확히 말하자면 하니의 방은 삼 층에 위치하지만 삼 층은 없었다. 그림 같은 집을 꿈꾸는 동시에 변덕스럽기 그지없는 건축주의 요구에 따라 이리저리 고쳐진 설계도가 낳은 실수를 건축가가 삼각형 뚜껑으로 서둘러 덮어 버린 곳이 바로 하니의 방이 되었다. 설계도에는 없는 공간, 계획하지 않았던 곳, 존재하지만 존재하지 않아야 했을 방에 하니는 살았다.

누구의 의도였는지 알 수 없지만 하니의 방에는 아름다운 아치형 창문이 하나 있었다. 창에는 천사와 꽃과 동물을 새겨 넣은 색유리가 끼워져 있어 창을 투과한 빛이 태양의 위치에 따라 끊임없이 움직이는 불안하고 수상쩍은 그림을 하니의 방 안에 그려 놓았다. 마치 오래된 필름이 재생되고 있는 스크린이나 잘 기억나지 않는 간밤의 악몽처럼 보였다. 색유리 밖으로는 마튼풀이 뒤덮인 황량한 정원이 이지러진 그림처럼 내다보였다. 하니의 방도 정원과 비슷한 상태였다. 다른 점이라고는 정원을 싸돌아다니는 쥐새끼들 대신 과자 부스러기를 노리는 바퀴벌레와 개미가 사방에 기어 다니는 것뿐이었다.

하니가 몸을 뒤척일 때마다 요란하게 삐걱거리는 침대 아래로 회색 쥐처럼 뭉친 먼지가 굴러다니고 책상 서랍에 감춰 둔 치킨 상자와 빵 봉지에서 수상한 냄새가 풍겼지만 하니는 그런대로 제 방이 좋았다. 그런대로, 라고 하는 것은 썩 마음에 들지는 않았지만 다른 곳보다는 낫다는 뜻이었다.

하니는 교복에 몸을 밀어 넣고 아침을 먹으러 좁고 가파른 계단을 내려갔다. 아침 식사는 늘 우유를 부은 오트밀이었다. 그릇에 담긴 건 토해 놓은 것에 가까워 보였고 심지어 맛도 비슷했지만 하니는 묵묵히 그릇을 비웠다. 굶는 것보다는 나았다. 냉장고를 열어 봐야 우유와 오트밀뿐이었다.

아침을 다 먹고 난 뒤 하니는 방문을 향해 인사했다.

"학교 다녀오겠습니다."

방문에 귀를 대어 보았지만 아무 소리도 없었다. 하니는 평소 인사는 건너뛰거나 오늘처럼 아주 작은 소리로 건넸다. 아침잠이 많은 엄마를 깨우지 않기 위해서였다.

하니는 가방을 멘 채 그대로 좁고 가파른 계단을 올랐다. 방으로 돌아오자마자 교복을 벗어 던지고 침대 위에 벌렁 드러누웠다.

"뭐라고 하지?"

하니는 천장을 향해 중얼거렸다.

"요점만 간단히."

"물론이지. 그럴 셈이었어."

— 무지 심한 독감으로 결석합니다.

하니는 완성된 문자를 보냈다. 수신자는 담임. 휴대폰은 엄마 것이었다. 엄마는 휴대폰이 어디 있는지도 모를 것이다. 평생 휴대폰 없이도 살 사람이 바로 엄마였다.

하니는 노트북에 다운받아 둔 다큐멘터리를 보며 꿀과 치즈 맛이 나는 감자칩을 먹기 시작했다. 달고 짜고 최고다. 천국이 따로 없다. 만일 천국에 감자칩이 없다면 천국 같은 덴 가지 않을 생각이다. 지옥에서 뭘 먹을지는 짐작이 갔다. 몸에 좋은 오트밀과 우유, 그것도 삼시 세끼 내내 먹을 것만 같다.

바삭바삭 감자칩 씹는 소리만 방 안에 울렸다. 이어폰을 낀 하니의 눈은 노트북 화면에 고정되었다. 다큐멘터리는 고래의 스트랜딩에 관한 것이었다. 스트랜딩이란 고래들이 물 밖으로 나와 집단 자살하는 현상을 가리킨다. 도대체 왜? 학자들이 다양한 가설을 내세웠지만 결론은 하나였다. 그 속을 누가 알겠습니까? 바닷가에 몸을 뒤집고 죽어 있는 고래 떼를 보니 하니는 눈물이 날 것 같아 황급히 감자칩을 입안에 털어 넣었다.

하니는 동물에 관한 다큐멘터리를 좋아했다. 사람이 나오는 건 지루했다. 동물이 훨씬 흥미로웠다. 귀엽고 인간적이었다. 가만, 그럼 인간적이라는 건 좋은 뜻인가? 그럴 리 없다. 하니의 경험상 인간은 잔인하고 냉혹하고 비열했다. 동물보다 못한 인간이란 잘못된 표현이었다. 인간이 동물보다 더 낫기는 어려운 법이다. 적어도 동물은 같은 종족을 재미로 괴롭히지는 않는다. 귀엽고 인간 같지 않아서, 하니는 동물이 좋았다.

엄마 휴대폰이 부르르 떨었다. 문자 메시지가 왔다.

— 그런데 누구신지요.

담임이 보낸 것이었다. 하니는 실수를 깨달았다. 담임은 엄마 전화번호를 모르는 모양이었다.

하니는 답 문자를 쓰기 시작했다.

— 하니예요.

앗, 또 실수할 뻔했다.

— 저는 하니 엄마입니다.

문자를 전송했다.

— 아, 네. 어머님, 안녕하세요. 얼마나 걱정이 많으세요. 그럼 완전히 나은 뒤에 보내 주세요.

— 네, 선생님. 걱정해 주셔서 고맙습니다.

이번에는 진짜 엄마처럼 보낸 것 같다. 엄마는 문자 같은 건 평생 보낼 일 없는 사람이지만 말이다.

하니는 다시 다큐멘터리를 보기 시작했다. 카메라는 고래를 추적했다. 검푸른 바닷속을 헤엄치는 고래 앞으로 꽃무늬 커튼처럼 일렁이던 물고기 떼가 거센 바람에 젖혀지듯 좍 갈라졌다.

고래 뒤로 꽃송이들이 폭죽처럼 퍼진다. 바닷속은 신비롭다. 마치 어두운 우주 같다. 조용히 부유하는 형광 색 해파리들은 바닷속의 우주인이다. 놀라서 몸을 팽창시키는 복어, 먹물을 내뿜는 거대 오징어, 영롱한 산호초의 숲, 그 사이를 헤엄치는 은빛 물고기 떼. 고등어 아니면 꽁치가 확실했다. 아니면 갈치.

문득 하니는 오늘 점심 급식 메뉴가 궁금해졌다. 학교 홈페이지에 들어가 확인해 보니 제일 좋아하는 제육볶음이었다. 1교시가 끝났을 시간이었다. 하니는 휴대폰을 들여다봤다. 광고 문자 한 통 없었다. 갑자기 허전해졌다. 하니는 휴대폰 버튼을 누르기 시작했다. 지금 하니에게 생각나는 건 단 하나였다. 치킨. 주문 완료. 늘 그렇듯 결제는 엄마 휴대폰으로 했다.

아침마다 하니는 교복을 입고 다녀오겠다는 인사를 하고 삼각 꼭짓점 모양의 작고 낮은 방으로 돌아왔다. 저녁이면 다시 교복을 입고 내려가 다녀왔다는 인사를 했다. 방문은 닫혀 있거나 열리지 않았다. 부모님은 하니의 결석을 눈치채지 못했다. 별로 놀라운 일은 아니었다. 어른들은 대개 바쁜 법이었다. 얼마나 바쁜지 정원을 보면 알 수 있었다. 하니의 부모는 정원을 가꿀 틈도 없었다.

규칙

하니의 아빠가 바쁜 건 규칙 때문이었다. 하루하루가 수많은 원칙과 규칙으로 이루어졌는데 그것들은 스스로 세워 놓은 것이었다. 모범적인 가장과 성실한 직원, 그리고 바람직한 인간이 될 것. 예의와 배려, 협력과 양보, 겸손과 감사를 실천하고 인류의 번영과 사회 발전에 기여할 것 등등.

큰 원칙 아래에는 세부적인 규칙이 줄줄이 달려 있었다. 샤워는 하루 두 번, 깨끗이 세탁된 와이셔츠와 빳빳이 줄 세운 양복, 누구보다 이른 출근, 영자 신문과 경제지를 포함한 세 종류의 신문 완독, 아침으로는 몸에 좋은 우유와 오트밀, 점심과 저녁은 채소와 단백질 식품을 중심으로 칼로리를 정확히 계산해 만든 도시락을 주문해서 사무실에서 혼자 먹었다. 퇴근 후 매일 두 시간 운동, 주말에는 골프와 등산을 했다. 아, 철저한 분리수거도 빼놓을 수 없다. 지구는 소중하니까.

사람들 모두 규칙을 지켜야만 세상이 제대로 돌아가고 다 같이 행복해진다고 하니의 아빠는 믿었다. 지키는 자에게 복이 있나니!

규칙에는 금지 조항도 많았다. 게으름과 나태, 사치와 낭비, 무절제와 식탐. 달고 짠 음식을 피했고 야식이라곤 평생 먹어본 적이 없었다. 술과 담배, 인스턴트식품과 패스트푸드, 커피와 탄산음료……. 금지 목록은 일일이 열거할 수 없을 정도였다. 티비 시청 역시 금지인데 금지할 필요도 없었다. 하니의 집에는 텔레비전이 없기 때문이다.

하니에게는 노트북과 휴대폰이 있으니 괜찮았다. 하지만 엄마를 위해서 텔레비전이 있으면 좋겠다고 하니는 생각했다. 엄마가 드라마라도 보면 이웃집 아줌마들과 나눌 공통의 화젯거리가 생기지 않을까 싶었다. 세상에, 보험금을 노리고 아내를 살해하다니, 정말 끔찍하지 않아요? 그러게 말이에요, 그게 드라마인 게 얼마나 다행이에요. 요즘 드라마는 정말 잔인하다니까요. 그러니까 드라마죠. 이런 대화 말이다.

물론 부질없는 생각일 뿐이다. 엄마는 사교적인 타입이 아니었다. 하지만 하니는 때때로 아쉽긴 했다. 나미비아 사막을 백인치 브라운관으로 보는 건 어떤 기분일까 하고 상상할 때면 말이다. 코끼리 코의 주름 하나하나까지 또렷이 다 보이겠지.

절로 한숨이 나왔다.

하니의 아빠는 결혼할 때도 규칙을 세웠다. 그림 같은 이층집. 그래서 최고의 건축가에게 의뢰했다. 아름다운 정원. 이 또한 최고의 조경가에게 일임했다. 그리고 순종적인 아내와 마당에서 뛰노는 자신을 닮은 아이도 규칙에 포함되어 있었다. 그런데 현실은? 최고의 건축가가 짓고 최고의 조경가가 가꾼 집은 거지 같았다. 아내를 생각하면 머리가 지끈거렸다. 하나뿐인 딸을 볼 때마다 의문이 생겼다. 쟤는 도대체 누굴 닮은 거지?

그런 생각이 들 때마다 하니의 아빠는 요가와 명상으로 마음을 가라앉혔다. 고양이 자세로 몸을 한껏 이완시킨 뒤 복식 호흡으로 정신을 맑게 하고 조용히 눈을 감고 있노라면 게을러터진 직장 동료와 무능한 상사와 뻔뻔한 신입 사원들의 얼굴이 하나하나 또렷이 떠올랐다. 그들은 규칙이라곤 지켜본 적이 없었다. 그들 때문에 평화로운 이 세계의 질서가 흔들리고 붕괴되는 것이다. 심지어 이웃들은 분리수거 하나 제대로 못했다.

그래도 그는 꾹꾹 참았다. 규칙에는 절제와 인내라는 항목도 포함되어 있었기 때문이다. 그는 분노로 꽉꽉 다져진 폭탄이었다. 하지만 폭탄은 언젠가는 터지게 마련이다. 폭탄을 터뜨리는 것마저 규칙에 따랐다. 피해를 최소화할 수 있는 안전한 장소에서 터뜨린다는 것이 규칙이었다. 하니 아빠의 생각에 세상에서 가장 안전한 곳은 집이었다.

"말해 봐. 네 눈엔 이게 뭘로 보이지?"

아빠가 불시에 하니의 방으로 쳐들어왔다.

규칙 위반이었다. 아빠의 규칙에 의하면 방 검사는 일주일에 한 번이다. 지난번 방 검사는 이틀 전이었다. 아빠가 규칙을 어기는 건 드물지만 간혹 있었다. 아빠의 규칙에는 자기 맘대로라는 규칙도 있었던 것이다.

숙제를 하던 하니는 황급히 이어폰을 잡아 뺐다. 규칙 하나, 공부할 때 음악을 들어서는 안 된다. 다행히 아빠는 보지 못했다. 한쪽 귀에만 꽂고 있던 이어폰을 휴대폰과 함께 재빨리 책 밑에 숨겼다.

"말해 봐. 넌 이게 뭘로 보이냐?"

아빠는 하니의 방 안을 손가락으로 죽 둘러 가리키며 물었다. 규칙 둘, 어른 말에는 즉시, 공손하게 대답해야 한다.

"바, 방 말씀하시는 거예요?"

규칙 셋, 어른의 질문에 질문으로 답해서는 안 된다. 하니는 자신의 잘못을 깨닫고 즉시 고쳤다.

"바, 방으로 보이는데요."

"아니, 아니. 그게 아니지."

규칙 넷, 어른이 아니라면 아니다.

"넌 네가 신이라도 된다고 생각하는 거냐?"

"네에?"

규칙 셋, 어른의 질문에 질문으로 답해서는 안 된다. 아울러 규칙 둘, 어른 말에는 즉시, 공손하게 대답해야 한다.

"그런 생각 해 본 적 없는데요."

"아니, 아니. 넌 네가 신이라고 생각하는 게 틀림없어. 왜냐하면 너는 우주를 만들었거든. 무질서의 카오스. 바로 이 방이 정확히 그 꼴이다."

규칙 다섯, 어른이 그렇다면 그런 거다.

"도대체 이 냄새는 뭐냐?"

아빠는 얼굴을 찡그리며 말했다. 규칙 여섯, 모르는데 아는 척해서는 안 된다.

"모, 모르겠는데요."

"몰라? 그럼 내가 가르쳐 주지. 이건 바로 돼지우리 냄새다."

규칙 일곱, 어른 말을 거역해서는 안 된다.

"네."

"돼지우리에는 뭐가 살지?"

규칙 둘, 어른 말에는 즉시, 공손하게 대답해야 한다.

"돼, 돼지요……."

"그래, 잘 아는구나. 그럼 돼지우리에 사는 넌 뭘까?"

"……."

"몰라?"

"……."

"그럼 내가 알려 주지. 나를 따라서 해 봐. 나는 돼지다."

"……."

"입이 붙었어? 따라서 하라고. 나는 돼지다."

다시 규칙 일곱, 어른 말을 거역해서는 안 된다.

"……는 돼지다."

"똑바로 못해? 나는 돼지다!"

또다시 규칙 일곱, 어른 말을 거역해서는 안 된다.

"나는…… 돼지다!"

"다시."

"나는 돼지다! 나는 돼지다!"

아빠가 흡족한 표정으로 말했다.

"자, 이 방은 누구 방이지?"

"제, 제 방이요."

아빠 표정이 다시 일그러졌다.

"아니, 아니, 아니지. 이 방은 내 거지. 이 집도 내 거고. 너는 내 집에 얹혀사는 거야. 알겠어?"

"네, 아빠."

"그럼 넌 어떻게 해야겠어?"

다시 규칙 둘, 어른 말에는 즉시, 공손하게 대답해야 한다.

"깨끗하게 청소를……."

"아니, 아니, 그게 아니지!"

규칙 여덟, 어른을 노하게 해서는 안 된다.

"아빠의 방을 더럽거나 냄새나지 않게……."

"아니, 아니, 아니라니까!"

또다시 규칙 여섯, 모르는데 아는 척해서는 안 된다.

"넌 내게 감사하는 마음을 가져야지."

"네, 아빠. 감사해요."

"고맙다면 어떻게 해야 하지?"

하니는 정답을 맞히기 위해 고심한 끝에 대답했다.

"늘 감사하는 마음으로 착한 아이가 되어야 해요."

"아니, 아니. 착한 아이 같은 건 될 필요 없어. 넌 내 말만 잘 들으면 돼."

"네, 아빠."

"도대체 왜 고마운 줄도 모르는 거냐."

"죄송해요, 아빠."

규칙 아홉, 즉시 뉘우치고 반성해야 한다.

"고마운 줄 모르면 그건 짐승이다."

하니는 고개를 푹 숙였다.

"넌 뭐라고?"

고개를 숙인 채 하니는 작은 목소리로 대답했다.

"전…… 돼지예요."

"뭐라고? 잘 안 들리는데."

하니는 얼굴을 들고 말했다.

"전 돼지예요!"

"그래, 그렇지. 짐승은 좋은 말로 해서는 말을 듣지 않지."

아빠는 하니의 목덜미를 잡고 계단을 내려가기 시작했다. 좁고 가파른 계단 중간에서 하니가 발을 헛디뎌 넘어졌다. 아빠는 그대로 하니를 질질 끌고 내려갔다.

"잘못했어요, 아빠."

퉁퉁퉁, 하니의 몸이 힘 조절을 잘 못해 던진 볼링공처럼 층계 위에서 튕겨 올랐다.

"놔주세요, 아빠. 잘못했어요."

"뭘 잘못했는데?"

규칙 열, 거짓말하면 안 된다.

"뭘 잘못했다는 거냐, 응?"

규칙 여섯, 모르는데 아는 척해서는 안 된다. 모르겠다. 정말 모르겠다. 잘못했다면 이 세상에 태어난 일 같은데 그건 마음대로 할 수 있는 게 아니다.

"그래, 알 리가 없지. 넌 잘못도 고마움도 몰라. 왜? 넌 짐승이니까."

하니의 몸이 마룻바닥 위로 질질 끌려갔다.

"이제 알게 해 주마."

아빠가 가쁜 숨을 몰아쉬며 말했다.

규칙 열하나, 하니는 벽에 머리를 박고 섰다.

규칙 열둘, 아빠가 허리띠를 풀어 때리기 시작한다.

규칙 열셋, 엄마는 못 본 척하거나 아무것도 들리지 않는 척한다.

규칙 열넷, 매질을 피하거나 도망쳐서는 안 된다. 그 두 가지 중 하나라도 했다가는 더 맞게 된다.

규칙 열다섯, 하니는 울지 않는다.

규칙 열여섯, 이 모든 일은 남들에게 절대 비밀이다.

모험가

결석한 지 일주일째 아침, 하니는 잠옷을 입은 채 일 층으로 내려갔다. 교복으로 갈아입기도 귀찮았다. 어차피 볼 사람도 없었다. 하니는 냉장고 문을 열었다. 우유와 오트밀뿐이다. 하니는 그릇에 오트밀과 우유를 부어 휘휘 저었다. 꼭 토해 놓은 것처럼 보였다.

하니는 오트밀 그릇을 옆으로 밀어 놓고 대신 치킨을 먹기 시작했다. 하니는 치킨의 모든 부분, 다리, 가슴, 날개, 심지어 목마저 좋아했는데 제일 좋아하는 건 남겨 둔 치킨이었다. 남긴 치킨은 일 년에 한 번 먹을까 말까 하니 그럴 만도 했다. '참는 자에게 복이 온다'는 말 앞에 '치킨을'이라는 목적어를 넣어야 한다고 하니는 생각했다. 복 받은 아침을 위해 어젯밤 꾹 참고 남긴 치킨 세 조각을 뜯기 시작했다. 하니는 입안 가득 퍼지는 짭짤하고 달콤한 맛을 음미하며 식탁 아래로 다리를 느긋하게 뻗었다.

그런데 맨발에 뭔가 닿았다. 뭉클하면서도 따뜻한 무엇. 마치 살아 있는 듯한 것. 하니는 다리를 당겨 의자에 붙였다. 그리고 남은 치킨 한 조각을 입에 물었다. 그러고 허리를 굽혀 슬쩍 식탁 아래를 살폈다. 앗. 벌어진 입에서 치킨이 툭 떨어졌다.

"엄마, 거기서 뭐해요?"

식탁 밑에 웅크리고 있던 엄마는 아무 대답도 하지 않았다. 사실 물을 필요도 없었다. 엄마는 늘 하는 걸 하고 있을 뿐이었다. 엄마는 실험 중이었다.

하니의 엄마는 실험가였다. 엄마의 호기심은 무궁무진했고 진지한 탐구를 멈추지 않았다. 얼마나 잘 수 있는가, 얼마나 먹지 않고 견딜 수 있는가, 한 달 정도 씻지 않으면 어떤 냄새가 날 수 있는가, 얼마나 오랫동안 말을 안 하면 입에 거미줄이 쳐지는가, 아니면 벽은 어떤 말에 대답하는가 등등, 엄마의 탐구 영역은 다양했다. 탁구공만 한 먼지가 만들어지려면 청소를 얼마나 안 하면 되는가, 전기료를 얼마나 안 내면 전기가 끊기는가는 수도와 가스 요금 실험과 번갈아 이루어졌다. 정원의 사바나화 과정은 장기적인 실험이 되고 있었다.

엄마의 실험은 점점 더 강도가 높아졌고 담대해졌다. 얼마나 오랫동안 숨을 참을 수 있나 하는 실험은 욕조에서 실시됐다.

하니가 엄마를 욕조에서 끌어낸 뒤에도 한참 동안 숨을 참고 있을 정도로 엄마는 실험에 진지했다. 엄마는 무엇보다 인체의 신비를 파헤치는 데 열심이었다. 동맥인지 정맥의 강도를 실험하느라 하니가 아는 것만 해도 세 번이나 손목을 그었다. 엄마는 이 층 베란다에서 뛰어내린 적도 있었는데 중력이 인간의 몸에 미치는 영향에 관한 실험이었음이 분명하다. 그 뒤로 아빠는 베란다로 나가는 문을 막아 버렸다.

한번은 거실 샹들리에에 목을 걸고 대롱대롱 매달려 있는 엄마를 끌어내리느라 꽤 애먹었다. 엄마는 버둥거리며 한사코 저항했다. 하니는 가위로 줄을 끊었다. 엄마가 쿵 소리를 내며 바닥으로 떨어지자 하니는 미안한 생각이 들었다. 하지만 샹들리에를 떨어뜨리지 않기 위해서는 줄을 끊는 수밖에 없었다. 샹들리에가 깨진다면 아빠가 불같이 화를 낼 것이기 때문이었다.

바닥에 떨어진 엄마는 꼼짝도 하지 않았다.

"재미없거든."

엄마에게서 숨소리도 나지 않았다.

"안 속아."

엄마는 부스스 일어나더니 비틀거리며 방 안으로 들어갔다.

그 뒤로도 물론 엄마의 실험은 계속되었고 거의 성공할 뻔한 적도 있다. 얼마 전에는 엄마 방 문을 열고 저녁 사 먹을 돈을 좀 달라고 했는데 지갑에서 꺼내 가, 하는 소리가 옷장 아래에서 났다. 옷장이 엎어져 있고 그 아래 엄마가 깔려 있었다. 옷장 무게를 측정해 보고 있었던 것 같다. 덕분에 엄마는 손목과 쇄골 깁스라는 새로운 실험을 할 수 있었다.

집에 돌아와 오븐에 머리를 처박고 있는 엄마를 끌어내는 게 일이었다.

"엄마, 그러지 마."

오븐에서 빼낸 엄마 얼굴은 창백한 빵 반죽 같았다.

"오븐 속에는 빵이나 들어가는 거야."

하니는 엄마의 눈을 들여다보았다. 텅 빈 오븐 속과 똑같았다.

"아님, 닭도 괜찮은데."

엄마는 말없이 방으로 들어가 버렸다. 얼마나 잘 수 있는가 하는 실험을 다시 시작할 셈이었던 것이다.

엄마는 모험가였다. 그 정도면 실험이 아니라 모험이라고 해도 손색이 없었다. 궁극적으로 엄마가 깃발을 꽂고 싶은 곳이 어딘지는 말할 필요도 없다. 이 세상 밖. 엄마는 이 세상에서 완벽히 탈출하고 싶은 것이다.

하니는 식탁 아래로 기어 들어가 엄마의 코와 입을 막고 있는 테이프를 떼어 냈다. 파아, 하고 엄마는 긴 숨을 내쉬었다. 터질 것같이 붉게 부풀어 오른 얼굴이 다시 창백하게 돌아갔고 튀어나온 눈도 제자리를 찾았다.

"학교 일찍 끝났네."

엄마가 말했다.

"아침인데요. 아직 학교 안 갔어요."

"아, 그렇구나."

"어제도 안 갔어요."

"그랬구나."

"학교 안 간 지 한참 됐어요."

엄마가 하니를 물끄러미 바라보았다. 엄마의 눈은 정말 아름다웠다. 활처럼 우아하게 휘어진 짙은 눈썹 아래로 두 눈은 깨끗하고 맑은 우물처럼 자리 잡고 있었다. 하지만 이제 그 우물은 온통 흐려져 버렸다. 엄마의 눈빛은 아주 먼 곳을 떠돌았다.

하니는 눈앞이 부예졌다. 잘못했다고 말하고 학교에 가고 싶었다. 학교는 정말 싫었지만 이렇게 집 안에만 처박혀 있는 것 역시 괴로웠다. 어서 학교에 가라고 말해요, 엄마. 제발.

"하니야."

"네, 엄마."

"닭 뼈는 음식물 쓰레기가 아니야. 잘 분리해 버리렴."

엄마는 그대로 방 안으로 들어가 버렸다.

하니는 바닥에 흘린 치킨을 주웠다. 살점이 그대로 붙어 있고 먼지도 안 묻었다. 하니는 치킨을 입에 넣었다. 입에 넣자마자 닭고기가 사르르 녹아 사라졌다.

"마법."

하니는 입에서 뭔가 꺼냈다. 살점 하나 없는 깨끗한 닭 뼈였다. 왠지 모르지만 눈물이 툭, 떨어졌다.

그때 킥킥, 하는 웃음소리가 들렸다.

"왜 웃냐?"

"그럼 울까?"

"분리수거는 중요해."

"물론 중요하지. 딸이 장기 결석하는 것보다 분리수거가 훨씬 중요하지. 엄마라면 당연하지."

"엄마에 대해 그렇게 말하지 마."

하니는 엄마를 사랑했다. 집에 돌아와 모험에 성공한 엄마를 오븐 속에서 꺼내는 상상을 하는 것만으로도 하니는 미칠 것 같았다. 그랬다가는 영영 오븐은 쓸 수 없게 될 것이다. 어차피 머리 집어넣는 용도 말고는 써 본 적도 없지만 말이다.

"물속에 너랑 오븐이 빠졌다, 그럼 엄마가 구해 내는 건?"

"유치한 소리 하지 마."

"유치한 질문이 아니라 뻔한 질문이지. 엄마는 분명……."

"아, 됐어! 됐다니까!"

"화난 거야?"

"안 났어."

"그래? 그럼 다행이네. 틀린 건 잘 참지만 맞는 소리에는 화를 내더라."

"누가?"

"사람들."

"진짜 그렇게 생각해?"

"그래, 사람들은 원래 그렇다니까."

"아니, 그거 말고. 오븐."

"아니야. 네 엄마는 오븐 절대 못 구해. 오븐이 얼마나 무거운데 어떻게……."

"나 지금 진지하거든."

"난 늘 진지했어."

코코가 말했다.

코코

하니가 코코를 처음 만났을 때, 코코는 꽃을 먹고 있었다. 수업이 다 끝난 운동장 모서리 한 귀퉁이. 집에 가기 싫은 아이 아니면 괴롭히는 반 친구들을 피해 달아난 아이만 찾아드는 구석진 곳. 그곳에 코코가 있었다. 식빵 테두리처럼 어두침침한 그곳이 그날따라 유독 환했다.

수업이 끝나고 집으로 돌아가는 하니를 어김없이 반 아이들이 불러 세웠다. 책가방을 빼앗는 것과 침을 뱉는 것, 둘 중에 어떤 걸 할지 몰라 하니는 꼭 움켜쥔 가방으로 얼굴을 가렸다. 하지만 아이들의 행동은 하니의 짐작과 달랐다.

"야, 우리가 궁금한 게 있어서 말이야."

예닐곱 명 정도 되는 애들 중에 가운데 서 있던 남자애가 빙글빙글 웃으며 말했다. 며칠 전 급식실에서 하니의 발을 걸어 넘어뜨린 애였다. 급식판을 들고 나뒹구는 바람에 하니는 김치 냄새를 풍기며 집에 돌아가야 했다. 그나마 밥을 다 먹고 난 뒤라서 다행이었다. 하니의 급식판은 김치 국물 말고는 마치 설거지라도 한 것처럼 깨끗했다.

"너한테 물어보면 알 것 같아서 말이야."

하니는 말을 걸어 주는 게 싫지 않았다. 최소한 침을 뱉는 것보다는 나았다.

"쥐랑 고양이랑 싸우면 누가 이기냐?"

쉬웠다.

"고양이가 이기지."

"그럼 고양이랑 개랑 싸우면 누가 이기냐?"

하니는 잠시 생각해 본 뒤에 대답했다.

"개가 얼마나 크냐에 달렸지."

"굉장히 똑똑한데?"

남자애가 다른 아이들을 돌아보며 놀란 듯 말했다. 아이들은 모두 뒷짐을 진 채 낄낄거렸다.

아이들이 뒤에 숨긴 게 뭘까 하니는 궁금했다. 돌멩이? 모래? 쓰레기? 어차피 잠시 뒤면 알게 될 것이다. 배가 아플 것 같아. 하니는 생각했다. 하니는 배가 자주 아팠다. 그럴 때마다 뭘 먹으면 씻은 듯이 나았다. 가방 속에 있는 초콜릿이라도 먹으면 좋겠지만 아이들 앞이라 먹을 수도 없었다.

"마지막 질문."

남자애가 히죽히죽 웃으며 말했다.

"하마랑 코끼리랑 싸우면 누가 이기냐?"

하니는 아무 대답도 하지 않았다.

"야, 왜 대답 안 해? 너 입 없어?"

하니는 배가 쿡쿡 쑤시기 시작했다.

"너 입 크잖아. 이 하마야!"

남자애가 입을 쩍 벌리며 하마 흉내를 내자 나머지 아이들이 왁자하게 웃음을 터뜨렸다.

"너한테 하마 냄새 나. 좀 씻고 다녀, 이 하마야!"

아이들이 일제히 하니에게 물을 뿌려 댔다. 등 뒤에 숨기고 있었던 건 물병이었다.

하니는 물을 맞으며 그대로 서 있었다. 도망치고 싶지만 그럴수록 아이들은 죽어라 뒤쫓아와 더욱 괴롭힐 것을 하니는 경험상 잘 알고 있었다. 아이들은 하니의 주위를 빙빙 돌며 물을 뿌려 댔다. 괴성과 낄낄거리는 웃음소리를 하니는 말없이 견뎠다.

하니의 머리며, 가방과 옷이 흠뻑 젖었다. 아이들은 빈 병을 운동장 바닥에 내던지는 것으로 축제를 끝냈다. 아니, 끝이 아니었다. 첫 번째 애가 하니의 머리를 툭 치고, 두 번째 애가 등을 후려쳤고, 세 번째 애가 배에 주먹을 먹이자 하니의 무릎이 푹 꺾였다. 기다렸다는 듯이 아이들이 발길질을 퍼부었다.

몸을 둥글게 말고 발길질 당하며 하니는 속으로 중얼거렸다.

'둘은 싸우지 않아. 하마랑 코끼리는 절대 싸우지 않는다고, 이 멍청이들아!'

아이들이 낄낄대며 운동장을 떠나자 하니는 어디든 좀 앉고 싶었다. 이왕이면 사람 없고 조용한 곳이면 했다. 그런 곳을 하니는 잘 알고 있었다.

하니는 운동장 구석, 책 읽는 소녀 동상 뒤로 갔다. 밤 열두 시가 되면 소녀가 일어나 운동장을 열두 바퀴 돈다는 소문이 있어서 아이들은 동상 근처에 얼씬도 하지 않았다. 하니도 조금 으스스하긴 했지만 운동장 도는 소녀 동상이 애들보다는 나았다.

그런데 그날은 달랐다. 동상 뒤에 웬 아이가 앉아 있었던 것이다.

"넌 학원 안 가?"

아이가 하도 스스럼없이 물어서 하니는 아는 앤가 생각해 보다가 대답했다.

"학원 안 다녀."

"그래? 난 빠졌는데."

아이가 씩 웃었다. 하니는 저도 모르게 따라 웃었다.

"너 이거 할 줄 아냐?"

아이가 손에 들고 있던 포도송이 같은 꽃송이를 입에 넣더니 소처럼 우물거렸다. 그러더니 혀를 쑥 내밀었다. 시작이군. 혀를 날름거리다 침을 뱉겠지. 하니는 생각했다. 하지만 아니었다. 아이의 혀가 쑤욱 올라가더니 코끝에 딱 닿았다. 아이의 코 위에 연한 자주색 꽃잎이 올려져 있었다.

"와."

하니도 혀를 쭉 빼서 코끝에 닿게 하려고 애썼다. 아무리 해봐도 입가만 축축해졌다. 아이가 그럴 줄 알았다는 듯이 씩 웃었다.

"너 짱이다!"

아이가 히힛 웃었다. 웃는 모습이 친숙했지만 분명 처음 보는 애였다. 아이의 얼굴을 힐끔힐끔 쳐다보다가 하니는 깨달았다. 아아, 닮았다. 분명 닮았다. 몹시 낯익은 모습이었다. 생각이 날 듯 말 듯 했다.

"너도 2학년이야?"

하니가 물었다.

"어, 뭐."

"몇 반이야?"

"삼천칠백오십팔 반."

"그런 게 어디 있냐?"

하니가 푸하하 소리 내어 웃었다.

"너, 이름 뭐야?"

아이는 이름을 말해 주는 대신 물었다.

"넌 이름이 뭔데?"

"하니."

"농담이지?"

"뭐가?"

"너희 부모님, 어떻게 된 거 아니냐? 누가 그런 이름을 지어?"

"그렇게 됐어. 나도 막 좋은 건 아냐."

"그럼 난 코코."

"코코? 농담하냐?"

"뭐 어때? 왜 내 이름을 다른 사람이 지어 줘야 하는데? 내 이름이니까 내 마음대로 지을 거야."

듣고 보니 꽤 괜찮았다. 하니와 코코. 제법 잘 어울렸다.

코코가 혀를 쑥 내밀더니 아까처럼 꽃잎을 코끝에 올려놓았다.

그 순간 바닥이 아주 약간 흔들렸다. 쿠우우웅쿵, 하는 둔중한 소리를 내며 뭔가 하니의 가슴속으로 들어왔다. 순한 눈에 펄럭이는 커다란 귀와 부드러운 긴 코, 초승달 같은 상아와 지상에서 가장 큰 몸집을 지녔지만 풀과 이슬만을 먹는, 신이 자신의 상상력을 몽땅 쏟아부어 만든, 아니 어쩌면 모습을 바꾼 신일지도 모르는 아름다운 동물. 코코가 누굴 닮았는지 하니는 깨달았다.

책 읽는 소녀 동상 뒤, 포도 같은 푸른 넝쿨이 꽃송이를 드리운 그늘 아래 두 소녀가 나란히 앉아 있었다. 바람이 살랑 불어 흔들리는 꽃송이 사이로 햇살이 반짝 비쳐들어 하니의 젖은 몸에서 마르기 시작한 수증기가 공기 중으로 아지랑이처럼 퍼져나갔다. 하니와 코코의 뒷모습은 마치 쌍둥이처럼 꼭 닮아 보였다. 그때부터 하니와 코코는 언제나 함께였다.

쌍둥이

엄청나게 부풀어 오르는 배를 보며 하니의 엄마는 쌍둥이를 가진 게 틀림없다고 생각했다. 게다가 커다랗고 하얀 새가 탐스러운 복숭아 두 개를 물어다 주는 태몽마저 꿨으니 의심할 여지가 없었다. 하니의 엄마는 먹어도 먹어도 허기가 졌다. 배 속에 아이가 둘이나 들었으니 당연했다.

갓 태어난 아기를 보고 엄마는 깜짝 놀랐다. 쌍둥이가 아니었다. 아이는 하나뿐이었다. 아기는 우는 소리가 우렁찼다. 아기를 본 남편의 얼굴이 굳었다. 아기를 안아 보지도 않고 남편은 나가 버렸고 그 뒤로도 한 번도 안아 주지 않았다. 남편은 규칙을 지키며 사느라 늘 바빴기 때문이다. 규칙에 아이를 안아 주는 조항은 없거나 있어도 예외 조항이었다.

안아 들 엄두조차 내지 못할 정도로 아기는 거대했다. 이 아이는 왜 이렇게 크고 못생겼지. 하니의 엄마는 그런 생각을 하다 깜짝 놀랐다. 아기는 아무것도 모르는 순진한 눈으로 엄마를 바라봤다. 엄마는 죄책감에 아기의 눈을 피하고 말았다. 그리고 복숭아처럼 어여쁜 아기는 어디로 간 걸까, 하고 생각했다. 생각하고 생각한 끝에 누군가 훔쳐간 게 분명하다고 결론을 내렸다. 하니가 받아야 할 관심과 사랑까지 모두 지닌 채, 쌍둥이는 사라져 버렸다.

하니는 5.6킬로그램으로 태어났다. 하루 종일 칭얼거리거나 악을 쓰고 울었는데 늘 배가 고팠기 때문이다. 백일이 지나자 밥을 먹기 시작했고 돌이 지났을 무렵에는 어른 밥그릇 가득 먹었다. 하니에게는 백일 기념 촬영도, 돌잔치도 없었다. 백일 사진용 곰돌이 옷도, 돌잔치용 드레스도 하니에게는 맞지 않았다. 세 살이 되자 하니의 몸은 예닐곱 살 난 애만 해졌고 초등학교에 입학했을 때는 육 학년 교실에서 책상과 의자를 가져와서 앉아야 했다. 그 뒤로는 키보다 몸집이 불어나는 속도가 급격해졌다. 하니는 여전히 부풀고 있는 중이었다.

하니가 커 갈수록 하니의 엄마는 조금씩 작아졌다. 입던 옷들이 모두 커지고 헐렁해져서 더 이상 입을 수 없었지만 새로 옷을 사지는 않았다. 하니의 엄마는 거의 외출하지 않았기 때문에 새 옷이 필요 없었다. 얼굴이 작아지고, 발이 작아지고, 어깨가 좁아지고, 허리둘레가 반으로 줄었지만 가장 많이 작아진 건 마음이었다.

엄마의 마음은 급속도로 작아져 거의 아무것에도 마음을 둘 수 없게 되었다. 정원이 황폐해진 것도 그때부터였다. 예쁜 꽃, 고운 잔디밭과 진한 향을 내뿜는 라일락 나무, 매일 아침 물을 주어 가꾸던 향긋한 허브와 싱싱한 토마토……. 그런 것들이 차례차례 엄마의 마음에서 떠났다. 맛있는 음식과 하얀 시트, 좋은 냄새가 나는 빨래, 그런 것에 마음을 두지 않은 지 오래였다. 웃음과 기쁨, 행복, 희망, 욕망과 만족, 그런 것들도 마음에서 사라졌다. 슬픔과 분노마저 남아 있지 않았다. 그래서 좋은 건 남편의 지긋지긋한 수많은 규칙에마저 마음 쓰지 않게 되었다는 점이었다.

하니가 아빠에게 맞을 때면 하니의 엄마는 그저 지켜보기만 했다. 몸도 마음도 작아지고 나니 별수 없었다. 엄마가 할 수 있는 건 치킨을 시켜 주고 하니가 먹는 걸 지켜보는 것뿐이었다. 잘 먹고 튼튼해져야 그나마 맞아도 덜 아플 테니까.

계획

공 여사는 침착하게 차를 몰았지만 자동차는 놀이공원에 소풍 간 초등학생처럼 통제 불능이었다. 제멋대로 달리고, 이리저리 부딪히고, 정지신호는 무시하거나 급정거했고, 안전 방지턱에서 어김없이 용수철처럼 튀어 올랐다.

그때마다 공 여사는 뒤를 돌아다보며 말했다.

"괜찮니?"

"괜찮……. 앞, 앞이요, 아줌마!"

하니는 불안해서 앞 좌석 등받이를 움켜쥐었다. 안전벨트는 고장 나서 아무 소용 없었다.

"운전이 오랜만이라 말이야. 핸들 잡았던 게 삼 년 전인가, 오 년 전인가, 아직 십 년은 안 됐을 거야. 그런데 너, 안색이 안 좋은데 멀미 나니?"

횡단보도 앞에서 급정거한 뒤 또 공 여사가 뒤돌아 물었다.

"아니에요, 괜찮아요. 그보다 창문 좀 열었으면 좋겠는데요."

“어쩌나. 뒷좌석 창은 안 열리는데. 차가 오래돼서 성한 구석이 없어. 라디오도 먹통이고. 차는 주인을 닮는 법이거든. 전 주인이 좀 그랬어. 아, 사이드미러는 아침에 떨어졌단다. 골목길이 어찌나 좁은지. 얘야, 토하고 싶으면 그냥 바닥에 토해도 돼. 이 차 전 주인도 늘 그랬거든. 그런데 아침은 먹었니?”

하니는 메슥거리는 속을 가라앉히기 위해 입술을 꼭 깨문 채 고개를 저었다.

“그거구나! 속이 비면 멀미 나기 쉽거든. 적당한 식당이 보이면 밥부터 먹자.”

하지만 적당한 식당을 발견해도 공 여사는 그냥 지나치기 일쑤였다. 앞만 보고 달리느라 길가의 식당이 눈에 들어오지 않았고, 더 큰 이유는 차선을 바꿀 수 없었기 때문이다.

“저기, 쿠키라도 좀 먹으련? 쿠키가 내 가방에 있는데…….”

공 여사는 조수석 바닥에 놓아둔 가방을 집기 위해 허리를 숙였다.

“앗! 사람, 사람요!”

행인을 칠 뻔했다. 공 여사는 그 뒤로 한동안 입을 다물고 앞만 보며 운전했다. 모자가 벗겨졌지만 다시 쓸 엄두도 내지 못했다.

하니는 고장 난 안전벨트를 배 위로 두르고 그것이 생명줄인 양 꽉 잡았다. 구세주인 줄 알고 차에 올라탔는데 잘하면 죽을 수도 있을 것 같았다.

하니는 유치원에서 배웠다. 낯선 사람을 절대 따라가선 안 된다고. 하지만 하니는 이제 더 이상 유치원생이 아니었다.

그래도 좀 신경이 쓰이긴 했다. 아줌마는 하니에게 어디 가느냐고 묻지도 않고 달리고 있다. 게다가 차는 좀처럼 멈출 생각을 않는다. 고속도로에 접어든 지 오래였다. 어디로 가는 걸까. 하니는 궁금해지기 시작했다. 한참 동안 차는 달리기만 했다. 시속 50킬로미터의 속도로. 고속도로 최저 제한속도였다.

하니는 역시 처음 계획대로 밀고 나갔어야 했다고 후회하기 시작했다. 집을 나왔을 때 하니는 '우리 집'으로 가려고 했다. 완벽하게 숨어들 수 있는 은신처 '우리 집'.

우리 집

하니의 집 근처에는 커다란 공원이 있었다. 숲이 우거지고 너른 잔디밭 주변으로 철따라 꽃이 화사하게 피어났다. 심지어 공원 한가운데에는 시간에 맞춰 분수가 뿜어져 나오는 인공호수까지 있었다. 주말이면 온 동네 사람들이 몰려들고 평일에도 아이들과 개와 아줌마들과 노인들이 죽치고 있는 공원은 하니와 코코에겐 무지 위험한 곳이었다. 하니만 보면 못 잡아먹어서 안달 난 애들도 공원을 드나들었다. 안전한 곳은 따로 있었다. 게다가 그곳은 멋지기까지 했다.

빛이 있으면 그림자가 생기듯, 아름다운 공원의 숲 뒤로 쓰레기 더미가 펼쳐져 있었다. 철거된 집터 자리였는데 시멘트 조각과 고철들이 널려 있었다. 게다가 밤이면 사람들이 몰래 찾아와 자신들의 양심과 함께 버린 온갖 잡동사니 때문에 아수라장이었다. 공원이 내려다보이는 대규모 아파트 단지가 들어설 예정이었지만 살던 사람들을 재빠르게 내쫓던 기세와는 달리 공

사 계획은 더디게 진행되다가 사기니 횡령이니 그런 소문이 돌더니 어영부영 중단된 상태였다. 채 부수지 않은 판잣집 대여섯 채가 있었으나 그마저도 자연스럽게 무너지고 있었다.

하니와 코코는 그곳을 발견하자마자 단박에 마음에 들었다. 제정신인 인간이라면 얼씬하지 않을 것이기 때문이다. 사람들은 그곳이 우범 지역이라고 했지만 범죄자는커녕 쥐새끼 한 마리 없었다. 고양이들만 우글거렸다.

남은 집 가운데 그나마 가장 온전한 형태를 갖추고 있는 집을 하니와 코코는 점찍었다. 비밀 장소니, 아지트니 하는 말은 낯간지러웠다. 매일 드나들다 보니 자연스레 '우리 집'이라 부르게 되었다. 하니와 코코는 '우리 집'을 열심히 꾸몄다. 사람들은 철거 지구에 꽤 다양한 것을 버렸다. 스펀지가 비어져 나온 인조가죽 소파는 먼지는 좀 났지만 앉는 데에는 문제가 없었다. 누워 있기에도 딱이었다. 하니와 코코는 소파를 집 안으로 옮기고 몰래 집에서 가져온 체크무늬 담요를 소파 위에 깔았다. 굉장히 근사했다. 물론 탁자도 있었다. 원래의 용도는 석유통이었겠지만 햄버거를 올려놓거나 발을 얹기에 안성맞춤이었다.

하니와 코코는 소파에 비스듬히 누워 문짝 없는 문틀 사이로 마당을 내다보곤 했다. 마당에는 잡초뿐이었지만 그래도 꽃은

피었다. 철거 지역에도 볕은 들기 때문이다. 양탄자처럼 깔린 토끼풀 사이로 하얀 시계꽃과 노란 민들레가 지천으로 피어나 녹아 버린 사탕처럼 들쩍지근한 향기를 풍겼다.

민들레가 지고 난 자리에는 몽실몽실한 솜사탕 같은 작은 홀씨가 맺혔다. 불어오는 바람을 타고 공중으로 하늘하늘 날아오른 홀씨들이 기분 좋게 둥실둥실 떠다녔다. 하늘하늘과 둥실둥실은 볕 좋은 오후 내내 싫증 내지도 않고 반복됐다. 따스한 햇살을 받으며 하니와 코코는 나른한 눈으로 하늘하늘과 둥실둥실을 한 계절 내내 지켜보았다. 깜빡 졸다가 눈을 떠 보면 내려앉은 지붕 사이로 푸른 하늘이 보이고 그 아래로 유난히 환한 햇살이 떠돌았다. 그런 것들을 보고 있자면 이상하게 눈물이 날 것 같아서 우선 뭘 좀 먹은 뒤에 하니와 코코는 보물찾기를 하러 나섰다.

하니와 코코는 매일 재미 삼아 쓰레기 더미를 뒤지곤 했다. 그러다 쓸 만한 물건이 나오면 괴성을 지르며 기뻐했다. 핑크색 플라스틱 수납장을 찾았고 작동하는지 확인이 불가능한 텔레비전과 라디오, 전자레인지를 발견했다. 수납장은 소파 옆에 두고 그 위에 라디오와 전자레인지를 올려 두었다. 텔레비전은 소파 맞은편 바닥에 두었다. 리모컨을 찾지 못해서 채널은 항상

한곳에 고정되어 있었지만 차라리 잘된 것이었다. 마침 동물 다큐멘터리 전문 채널이었기 때문이다.

하니와 코코는 가끔 다른 집에도 놀러 갔다. 집은 떠나간 사람들의 흔적을 간직하고 있었다. 어린아이가 살았는지 벽에는 낙서가 있었다. 흐릿한 그림 아래 엄마, 할머니, 동생 같은 삐뚤빼뚤한 글씨를 희미하게 알아보았다. 부엌에는 깨진 그릇과 찌그러진 냄비 같은 것도 뒹굴어 다녔다. 숟가락처럼 중요한 것까지 남기고 갔다. 문짝이 떨어진 장롱 안에서 곰팡이가 슨 앨범을 발견하기도 했다. 그 집 부엌 그릇장에는 그릇들이 거의 온전하게 남아 있었다. 심지어 간장이며 소금, 참기름병도 싱크대 위에 놓여 있었다. 마치 다시 돌아와 밥을 지을 것처럼 말이다. 물론 내용물은 시간에 빼앗겨 텅 비거나 곰팡이투성이였다.

한때는 소중했던 것들을 그대로 남기고 간 주인들에 대해 하니는 상상해 보곤 했다. 이유 없이 화목하거나 어떤 이유 때문에 불행했을 것이다. 기쁨과 슬픔, 증오와 사랑, 두려움과 희망이 한집에 살았을 것이다. 위로도 방 한구석을 차지하고 살았을지도 모른다. 확실한 건 떠난 이들은 다시 돌아오지 않는다는 사실이었다.

황폐한 집터에 남아 있는 건 하니와 코코, 그리고 이따금 하니와 코코가 뭘 하고 있나 구경하다가 어슬렁거리며 돌아가는 고양이들뿐이었다. 가끔 햄버거를 뜯어서 던져 주면 고양이들은 얌전히 먹고 자리를 떴다. 더 달라고 보채지도 않았다. 피해도 주지 않고, 못된 짓도 하지 않고, 내키는 대로 오가는 자유인 같은 고양이들이 하니와 코코는 좋았다. 그들은 하니와 코코의 좋은 이웃이었다.

하니와 코코는 학교가 끝나면 늘 '우리 집'으로 갔다. 소파에 앉자마자 하니와 코코는 바닥에 가방을 던져 놓고 햄버거를 먹기 시작했다.

"살이 좀 빠지면 어떨까."

콜라를 빨대로 쭉 들이마신 뒤 하니가 말했다.

"다이어트야말로 제2의 성형이라고 하잖아. 살 뒤에 어떤 얼굴이 숨어 있을지 누가 알아?"

코코가 감자튀김 봉투를 입에 대고 한 번에 털어 넣고는 우물거리며 말했다.

"그래. 살만 빼면 아이돌 얼굴이 드러나겠지."

하니와 코코는 잠시 마주 보다가 한숨을 가볍게 쉬고 두 개째 햄버거 포장을 벗기기 시작했다.

하니와 코코는 온갖 주제에 대해 이야기했다. 음악과 영화,

멸종된 동물과 멸종 위기인 동물, 불가사의와 외계인, 별과 우주에 대해. 코코의 꿈은 우주인이었다. 우주선을 타고 100킬로그램 넘는 여자만 최고 미인으로 추앙받는 별을 찾는 게 꿈이다. 아니면 외계인을 세뇌시키든가.

코코는 최근 같이 본 「마션」이라는 영화에 완전히 반해서 원작인 책까지 읽었다. 코코는 하니가 상상조차 할 수 없는 독서 습관을 가지고 있었다. 코코는 책을 온통 파란색과 분홍색 줄 천지로 만들어 놨다. 파란색은 중요한 문장이고, 분홍색은 감명 깊은 문장이라고 했다. 주인공이 감자를 심는 부분은 파란색, 똥을 비료로 주는 장면은 분홍색으로 두 줄을 긋고 별표까지 해 놓았다. 확실히 인상적이긴 했다. 책은 깨끗하게 읽어야 한다는 규칙에 익숙해 있던 하니는 질겁했다. 하긴, 그건 하니 아빠의 규칙이었다. 자기 아빠도 아닌데 코코가 규칙을 따를 필요는 전혀 없었다.

코코가 간다면 별수 없이 우주로 따라가야 한다고 하니는 생각했다. 햄버거가 콜라를, 콜라가 감자튀김을 끌어당기듯, 둘은 잠시도 떨어질 수 없는 사이였기 때문이다. 우주에서 감자밖에 먹을 수 없다면 이왕이면 감자칩으로 만들어 먹는 게 좋겠다고 하니는 생각했다. 코코는 감튀가 더 낫지 않느냐고 말했다. 그렇다면 얇게 썬 감자튀김과 두꺼운 감자튀김 중 어떤 게 더 나은가에 대해 두 시간쯤 이야기를 나누었다. 결국 각각 장단점을 가지고 있지만 둘 다 맛은 좋다고 결론지었다.

하니와 코코가 제일 많이 이야기하는 것은 음식에 관해서였다. 학교나 반 애들 이야기는 하지 않았다. 그런 이야기는 시간이 아까웠다. 그럴 시간에 과자나 한 봉지 더 먹는 게 나았다.

그런데 어느 날, 아무도 얼씬하지 않던 하니와 코코의 집에 누군가 나타났다. 오랜 시간 길 위에서 살아온 고양이처럼 조용하고 조심스럽게 다가온 여자가 토끼풀이 더부룩한 마당에 멈춰 섰다.

“거기 숨어 있는 거 다 알아.”

하니와 코코는 숨죽인 채, 몸을 한껏 웅크렸다.

“이리 나와.”

여자의 말이 끝나자마자 사방에서 고양이가 몰려들기 시작했다.

아가들아, 하고 여자는 고양이들에게 말했다. 여자는 괴상한 모자를 쓰고 있었다.

고양이

부연 하늘에 민들레 씨앗이 하얀 눈처럼 날리는 날이었다.

"또 왔나 보다."

코코가 바깥을 향해 귀를 기울이며 말했다. 야옹거리는 소리가 요란했다.

"세 시 방향, 미확인 생물체 출현. 카피, 오버."

"발견했다. 카피, 오버."

쓰레기 더미 사이로 모자와 큼직한 천 가방이 걸어왔다. 매일 같은 시각, 같은 장소에 어김없이 나타났다.

반쯤 무너진 담장 뒤에 숨어 하니와 코코는 지켜봤다. 몰려든 고양이들이 원을 지었다. 그 가운데 봉긋한 모자가 까딱까딱 움직였다. 작고 깡말라서 모자와 커다란 가방 속에 숨은 것처럼 보이는 아줌마였다. 아줌마가 가방 안에서 뭔가 주섬주섬 꺼내기 시작했다. 그릇과 사료 봉지였다. 그릇 몇 개에 사료를 쏟아 붓고 물도 채웠다. 못 견디겠다는 듯이 울며 보채던 고양이들이 일제히 그릇에 머리를 박자 주위는 다시 고요해졌다. 고양이가 스무 마리도 넘었다.

"고양이는 아무도 안 보는 데 가서 죽는다는 말 들어 봤어?"

"아니, 처음 듣는 소리인데."

"저거 봐. 뭘 막 섞는다. 쥐약일 거야."

"설마. 그럴 사람으로는 안 보이는데."

"어떤 사람으로 보이는데?"

"고양이랑 친하게 지내는 사람인 것 같은데."

"원래 범인은 면식범일 확률이 높다는 거 모르냐?"

"면식범?"

"그래, 친한 사람이 해치는 경우가 많다는 거지."

"쉿."

고양이 한 마리가 하니와 코코를 향해 고개를 돌리고 빤히 쳐다봤다. 한쪽 눈이 째진 검정 고양이였다. 몸집이 제일 크고 비록 한쪽 눈은 찌부러졌지만 남은 한쪽 눈이 맹수처럼 날카로웠다. 이 구역의 우두머리 같았다. 검정 고양이는 다시 고개를 돌려 먹이를 먹기 시작했다.

"오스칼, 너는 너무 많이 먹는 거 아니니?"

헉. 하니와 코코는 두 손으로 입을 막았다.

"친구도 좀 먹어야지. 에드워드랑 알버트는 삐쩍 말랐잖아. 알았다, 알았어. 더 줄 테니 양껏 먹으렴."

"에드워드!"

"알버트!"

하니와 코코는 더는 참지 못하고 배를 잡고 데굴데굴 굴렀다.

아줌마가 그릇에 먹이를 듬뿍 부었다. 자객 같은 오스칼, 하얀 꼬리가 북실북실한 에드워드, 어쩐지 과학자처럼 보이는 알버트, 황금 갈기를 가진 레오, 늘 배고파 보이는 소크라테스, 자매처럼 보이는 하이디와 클라라, 나비나 벌레에 관심이 많은 카프카, 까불까불한 달타냥, 은빛 털이 아름다운 아라미스, 늘 한 발자국 늦게 나타나는 명왕성, 호기심이 많은 셜록…….

아줌마가 하나하나 이름을 불러 주면 고양이들은 대답하듯 야옹거렸다. 한바탕 출석 체크가 끝나고 모두 식사에 열중해 있을 때 노란 줄무늬 고양이가 조심스러운 걸음으로 나타났다. 그 뒤로 주먹만 한 공 세 개가 굴러왔다.

"어머, 예쁜아, 너 애기 낳았구나. 안 그래도 낳을 때가 됐지 싶었는데. 집은 어디니? 아무리 찾아도 못 찾겠더라. 아니, 아니, 혹시 힘들까 봐 한번 가 보려고 했지. 나도 낳아 봐서 아는데 그거 정말 아프거든. 세 마리나 낳았네. 진짜 예쁘다."

대답이라도 하듯 고양이가 야옹, 울었다.

털실 뭉치 같은 새끼 고양이들이 아줌마가 부어 준 우유를 할짝였다. 새끼들이 배불리 다 먹고 나자 그제야 어미 고양이가 먹이를 먹기 시작했다. 뭉실뭉실한 아기 고양이들이 서로 안고 뒹굴며 장난쳤다. 그 모습을 보니 하니와 코코는 왠지 모르게 가슴속에 부드러운 털실 뭉치가 차오르는 기분이 들었다.

"넌 누구 죽이고 싶은 생각 든 적 있냐?"

"장난해? 하루 종일 그 생각뿐인걸."

"그럼, 죽고 싶은 생각 든 적은 있어?"

코코는 대답이 없었다. 말하고 싶지 않다는 뜻이다. 그럴 때는 더 묻지 않는 것이 좋다.

"저 아줌마, 니네 엄마랑 좀 비슷한 거 같다."

"무슨 소리야?"

"너희 엄마는 늘 딴 세상에 가 있잖아."

"아직 완전히 간 건 아니야."

"그래, 나도 너희 엄마가 돌아오셨으면 좋겠어."

고양이들이 모두 배불리 먹고, 뒤늦게 온 고양이들도 실컷 먹이를 먹고 돌아갈 때까지 아줌마는 자리를 지켰다. 더 이상 찾아오는 고양이가 없자 아줌마는 접시에 먹이와 물을 채워 담장 밑에 놓아두었다. 그러고 나서 괴상한 모자와 큼직한 가방은 조용히 쓰레기 더미를 빠져나갔다.

아줌마는 하루도 빠짐없이 하니와 코코의 '우리 집' 앞에 나타나 고양이와 이야기하다 돌아갔다. 그런 아줌마를 하니와 코코는 늘 지켜봤다.

한번은 아줌마를 하니와 코코가 따라간 적이 있었다. 엄밀히 말하면 따라간 건 아니다. 아줌마와 하니네 집 방향이 같았다. 아줌마는 하니의 집 바로 옆 오래된 연립주택에 살았다. 하지만 한 번도 말을 나눠 보거나 인사한 적은 없었다.

자동차는 계속 달렸다. 시속 50킬로미터의 속도는 간밤에 한숨도 못 잔 하니의 몸을 요람처럼 기분 좋게 흔들어 주었다. 항복. 하니는 곯아떨어졌다. 꿈도 없는 깊은 잠에 빠져 있다가 기분 좋은 소리에 잠이 깼다.

"밥 먹자."

눈을 떠 보니 아줌마 얼굴이 보였다. 아줌마가 싱긋 웃었다.

쪽지

해가 중천에 뜬 지 오래지만 집 안은 동굴처럼 어둑했다. 변기 물 내리는 소리가 요란하게 났다. 동면에서 깨어난 곰처럼 하품을 크게 하며 공 여사의 아들은 화장실에서 나와 바로 냉장고 문을 힘차게 열었다. 그 바람에 공 여사가 냉장고 문에 붙여 둔 쪽지가 떨어져 날리다 싱크대 아래 틈으로 들어가 버렸다.

아무도 읽을 일 없어진 쪽지에는 이렇게 적혀 있었다.

고깃국 끓여 냉장고에 넣어 놨으니 전자레인지에 돌려 먹으렴. 소금 간하는 것 잊지 말고. 소금은 싱크대 위에 있단다. 식탁 위에 있는 건 설탕이야. 화분에 물 좀 주렴. 이틀에 한 번, 베란다에 있는 코끼리 모양 물뿌리개에 물을 채워 흙이 젖을 정도로만 뿌려 주면 된단다.

참, 아버지를 잘 보살펴 드리렴. — 엄마가

공 여사의 아들이 냉장고 문을 열어 보고 중얼거렸다.

"엄마가 완전히 맛이 갔군."

냉장고 안에는 고깃국이 담긴 그릇 서른 개가 놓여 있었다.

치킨 가게

치킨 가게 사장은 팔짱을 낀 채 오늘은 이상한데, 하고 생각하고 있었다. 일주일 동안 하루도 빼놓지 않고 오던 주문이 오늘은 없었다.

프라이드치킨 한 마리, 양념치킨 한 마리. 매일 같은 시각에 주문이 왔다. 배달을 겸하고 있는 사장이 오토바이를 타고 배달 장소에 가면 초인종을 누르기도 전에 문이 열리고 여자애가 나타났다. 기다렸다는 듯이 치킨 상자를 낚아채는 여자애를 보고 사장은 잠시 충격에 빠졌다. 뭐랄까. 치킨을 배달했다기보다 빼앗겼다는 생각이 들었다. 여자애는 몹시 뚱뚱했다. 아니, 뚱뚱하다기보다는 거대했다. 동물원에 가본 지 너무 오래라 가물가물했지만 여자애는 분명 동물원 안의 어떤 동물을 연상시켰다. 동그란 콧구멍만 물 밖으로 내놓은 채 꿈쩍도 않던 고집스럽고 육중한 몸. 그래, 그거다. 하마. 여자애는 하마를 닮았다. 하지만 다음 순간 치킨 가게 사장은 더욱 놀라고 말았다.

여자애의 입꼬리가 말려 올라가더니 입이 벙긋 벌어졌기 때문이었다. 이거 웃은 거 맞지? 사장은 얼떨떨한 기분으로 여자애를 바라봤다. 얼마나 기뻐하는 표정이던지 적자에 시달려 폐업을 고민 중이던 사장의 시름이 단숨에 날아갔다. 여자애는 치킨값에 보람마저 얹어 주었다. 사장은 프라이드마저 느꼈다. 그래, 다시 닭을 튀겨 보는 거야. 그렇게 사장은 마음을 다잡았다.

그런데 어디가 아픈가. 사장은 이제나저제나 주문을 기다렸다. 그때 전화가 울렸다. 아, 프라이드 한 마리, 양념 한 마리요? 행복아파트라고요? 사장은 부지런히 닭을 튀기기 시작했다. 매일 치킨을 시키던 거대한 여자애에 대한 걱정은 까맣게 잊고 말았다.

쿠키

휴게소 한구석 벤치에 하니와 공 여사가 나란히 앉았다. 핫도그와 감자, 우동과 김밥을 함께 먹었을 때처럼 사이 좋게 바나나우유를 하나씩 들고 빨대로 쪽쪽 마셨다. 배도 부르고 날씨도 좋았다.

평일 오후의 휴게소는 한가했다. 여름 휴가철은 아직 멀었다. 햇살은 한여름 같지만 에어컨도 선풍기도 필요 없이 간간이 부는 바람만으로 견딜 수 있는 계절을 공 여사는 좋아했다. 곧 수국이 필 때였다. 공 여사는 벤치에 떨어져 있는 백일홍 꽃잎을 주워 들었다. 백일홍 역시 공 여사가 좋아하는 꽃이었다.

바람이 하니의 청바지 위에도 꽃잎을 살랑 얹어 놓았다. 하니는 교복을 집에 두고 왔다. 어차피 교복 셔츠는 단추도 안 잠기고 치마 지퍼도 올라가지 않은 지 오래였다. 갑자기 거센 바람이 불어 붉은 꽃잎이 우수수 떨어졌다.

“어맛!”

공 여사가 내지른 소리와 동시에 하니가 뛰기 시작했다. 공 여사는 벌떡 일어났다. 하니가 금세 저만치 멀어졌다. 공 여사는 둥그레진 눈으로 그저 하니의 뒷모습을 좇을 뿐이었다. 하니는 바람의 방향으로 달려갔다. 그리고 잠시 뒤, 하니가 멈춰 서더니 공 여사를 향해 몸을 돌리고 한 손을 들어 흔들었다. 공 여사는 눈물이 날 것만 같았다. 하니의 손에 바람에 날려 간 공 여사의 모자가 들려 있었다. 누가 그렇게 공 여사를 위해 달려 준 건 처음이었다.

하니가 공 여사에게 모자를 건네주고는 벤치에 털썩 주저앉았다. 전력 질주한 탓에 하니의 얼굴은 빨갛게 달아올라 있었다. 하니가 어깨를 들썩이며 거친 숨을 몰아쉬다가 바나나우유를 쭉 들이마셨다.

"고맙다."

"아, 뭘요."

공 여사는 하니가 주워다 준 모자를 썼다. 공 여사는 모자 없이는 외출하지 않았다. 진한 초록색 펠트 모자는 오래돼서 낡고 모양도 좀 변했지만 공 여사는 신경 쓰지 않았다. 두르면 모습을 감출 수 있는 투명 망토라도 되듯 공 여사는 모자를 눌러쓰고 다녔지만 실은 고개 수그린 튤립 봉오리 같은 모자 때문에 오히려 눈에 잘 띄었다. 그러나 사람들이 기억하는 건 공 여사가 아니라 독특한 모자뿐이라는 걸 공 여사는 잘 알고 있었다.

공 여사는 자신을 위해 뛰느라 빨갛게 달아오른 하니의 뺨을 어루만져 주고 싶었다. 대신 손수건을 내밀었다. 하니는 손수건을 받아서 이마를 살살 누르더니 돌려줬다. 공 여사는 하니에게 뭐라도 주고 싶었다.

"맛 좀 보련?"

공 여사가 가방에서 둥근 양철통을 꺼냈다. 초록색 바탕에 작은 딸기가 그려진 뚜껑을 열자 안에 쿠키가 빼곡히 담겨 있었다. 공 여사는 쿠키 하나를 집어 하니에게 내밀었다. 새벽에 구운 것이었다. 두 사람은 쿠키를 하나씩 입에 넣었다.

"먹을 만하니? 오렌지 껍질을 갈아 넣었는데. 좀 많이 넣었나?"

"진짜 맛있어요."

공 여사는 가슴이 뭉클했다. 남편과 아들은 입에 뭘 넣을 줄만 알았지 그 입에서 맛있단 소리 한 번 나온 적이 없었다. 그런데 눈앞의 아이는 쿠키를 입에 넣자마자 윙카 초콜릿 공장에 갈 수 있는 마지막 황금 티켓을 쥔 아이처럼 행복한 표정을 지었다.

"정말 최고예요. 팔아도 될 것 같아요."

"팔고 있단다. 온라인 쇼핑몰에서."

"진짜요? 쇼핑몰 이름이 뭔데요?"

"그랜마스 쿠키앤잼."

"그랜마? 할머니 말이에요? 할머니론 안 보이시는데요."

"그런 게 먹히거든. 세금이나 축내는 애물단지 취급이지만 할머니 손맛에 대한 환상이 있잖니? 제법 잘 팔린단다."

"오븐으로 굽는 거죠? 집에 오븐이 있어요?"

"그래. 고물이라 늘 옆에서 타는지 지켜봐야 하지만."

"우리 집에도 오븐이 있어요. 아무것도 안 굽지만. 어떻게 이런 맛을 내는 거죠? 진짜 대단해요."

"요령이 있단다. 하나 더 먹겠니?"

공 여사는 겸손하게 대답했지만 웃음이 슬그머니 비어져 나왔다.

꽃을 피우는 데는 재주가 없었지만 공 여사는 요리 솜씨가 좋았다. 요리하는 걸 좋아한다기보다는 요리는 정직하다는 점이 좋았다.

공 여사는 거짓말에 서툴렀다. 하지만 세상을 살다 보면 거짓말이 반드시 필요했다. 최초의 인간도 처음 입을 열어 한 말이 거짓말 아니었던가. 사과, 안 먹었는데요.

세상은 수많은 거짓말들이 차곡차곡 쌓여 있는 곳이었다. 들춰 볼 필요도 없었다. 텔레비전만 켜면 온갖 거짓말을 들을 수 있었다. 다행히도 공 여사네 집 텔레비전은 박살 나서 더 이상 볼 수 없었다. 거짓말을 좀 덜 듣게 된 것이다. 세상을 매끄럽게 굴러가게 하는 것도 거짓말들이었다. 거짓 칭찬과 관심. 알면서 모르는 척하는 기술도 필요했다.

거짓말에 서투른 공 여사를 두고 사람들은 좀 까칠하다고 생각했고 공 여사의 남편은 잘난 척 좀 작작하라고 말하곤 했다. 공 여사는 거짓말은 못했지만 거짓을 간파할 수 있었다. 그것은 사람들이 더욱 못 견뎌 하는 것이었다. 누구든 감추고 싶어 하는 것이 있었다. 좋은 것일 수도 있고 나쁜 것일 수도 있었다. 공 여사는 굳이 들춰내려 하지 않았다.

대신 공 여사는 요리를 했다. 반죽을 하고 잼을 졸이는 동안 공 여사는 거짓말할 필요가 없었다. 들인 수고와 공만큼 쿠키와 잼 맛은 정직하게 났다. 반죽이 부풀고 잼이 조려지는 동안 공 여사는 싱크대 아래 냄비 밑에 숨겨 둔 책을 꺼내 들고 조용히 읽어내려 갔다. 책은 꾸며낸 이야기로 진실을 말했다.

공 여사가 입을 여는 건 집 안에 있는 쉰일곱 개 화분을 향해

서였다. 식물들은 대체로 수줍거나 과묵한 편이었지만 공 여사의 이야기에 진지하게 귀를 기울였다. 밖에는 귀여운 아가들이 있었다. 고양이들……. 고양이들을 생각하자마자 공 여사의 얼굴에 미소가 번졌다. 그 아이들은 얼마나 명랑하고 귀여운지. 조잘조잘 이야기해 대는 통에 귀가 아플 지경이었다. 갑자기 공 여사의 표정이 어두워졌다. 밥과 깨끗한 물은 이제 누가 주지? 아이들을 위한 안전한 장소는 세상에 드물었다. 위험한 곳에 버려두고 온 기분이 들어 공 여사는 마음이 무거웠다.

"아, 이건 정말 너무 폭신폭신하고 부드럽고 달콤해요."

공 여사가 미소가 퍼져 있는 하니의 얼굴을 바라봤다.

"마치, 마치…… 양념치킨에 치즈를 듬뿍 올린 것 같아요. 그러니까 제 말은 진짜 완전 끝내주는 맛이란 뜻이에요."

"마들렌이란다. 그 맛을 표현하는 데 십오 년이란 시간을 들인 사람이 있지."

"이걸 만드는 데 십오 년이나 걸린단 말씀이세요?"

"아니야. 굽는 데는 십 분이면 충분해. 프루스트라고, 그 사람은 시간이 엄청 많았단다. 작가였거든."

"아, 그렇군요. 그런데 아줌마……. 아, 아줌마라고 불러도 돼요?"

"내 이름은 공맹희지만 그냥 아줌마라고 부르렴. 할머니라고 불러도 돼."

"아줌마가 좋겠어요."

"그래, 좋아."

"음…… 전 하니예요. 좀 이상한 이름이죠?"

"참 예쁜 이름이구나. 부를 때마다 달콤한 게 떠오르고."

하니의 얼굴이 온통 빨개졌다.

"아, 내 말은 좋다는 말이야. 저기…… 난 달달한 것이라면 환장해. 의사는 만병의 근원이라며 질색하지만."

"저는 달면서 짭짤한 것도 좋아요. 감자칩이나 양념통닭 같은 것."

"멈출 수 없지."

하니와 공 여사는 마주 보고 웃었다.

"그래, 하니야. 내가 널 어디로 데려다주면 되지?"

"아줌마는 어디로 가세요?"

어른의 질문에 질문으로 답하면 안 된다. 하니는 아빠의 규칙을 어겼다는 것을 깨달았지만 아무렴 어떠랴 싶었다. 규칙은 지긋지긋했다.

"난 천천히 가면 된다. 널 데려다주고 나서 천천히."

"네. 그렇군요. 천천히 가셔도 되는군요."

하니는 되도록 천천히 말하며 부지런히 머릿속을 굴렸다. 하지만 암만 생각해도 떠오르지 않았다. 도대체 어디로 간단 말인가.

"어디로 가야 하냐면요."

공 여사는 부드러운 눈매로 하니를 바라보며 원하는 곳 어디든 데려다주겠다는 듯이 고개를 가만히 끄덕였다.

"상관없어요."

"응?"

"아무 데나 상관없어요."

공 여사는 하니의 대답이 마음에 들었다. 아무 데나. 바로 공 여사가 가고 싶은 곳이었다.

"이왕이면 멀리."

공 여사가 멀리 도로가 뻗어 나가는 곳을 바라본 뒤 중얼거렸다.

"세상 끝 같은 곳이면 좋겠어요."

하니가 공 여사의 눈길을 따라 바라보며 말했다.

"좋아. 아무 데나, 세상 끝 같은 곳으로 가 보자."

공 여사가 남은 바나나우유를 빨대로 쭉 빨아 단숨에 비웠다. 하니는 빈 우유팩에 꽂힌 빨대를 질근거리다 주차 라인을 두 개나 차지하고 비스듬히 서 있는 공 여사의 자동차를 바라보며 말했다.

"음…… 쟤는 코코예요. 낯을 좀 가려서 그렇지, 나쁜 애는 아니에요."

공 여사는 사이드미러 하나가 사라진 채 먼지를 뒤집어쓰고 있는 낡은 자동차를 잠시 바라보았다.

"그래서 차에 혼자 남아 있구나?"

"네."

"배가 고파서 어쩌지?"

"햄버거 사다 주면 돼요. 쟨 햄버거 귀신이거든요."

"그래. 그러자꾸나."

하니와 공 여사는 햄버거를 사기 위해 휴게소 건물로 걸어갔다.

공문

하니의 담임은 아침 회의 시간에 교감 선생이 나눠 준 공문 때문에 머리가 지끈거렸다. 요즘 이것저것 신경 쓰이는 일이 많아서 가뜩이나 심난하던 차였다. 반 학생들은 말을 안 듣고 업무는 많았다. 수행평가 채점도 해야 하고 기말고사 시험 문제지도 만들어야 했다. 가장 신경 쓰이는 일은 따로 있었다. 반 학생 중 누군가가 학교 홈페이지에 불만 사항을 올린 것이다. 내용은 담임이 차별 대우를 한다는 것이었다.

세상에, 차별 대우라니. 진짜 억울했다. 맹세코 반 아이 누구도 차별한 적이 없었다. 담임은 공평하게 모든 학생들에게 무관심했다. 학생들은 하나같이 시끄럽고 버릇없고 건방졌다. 게다가 매사가 불평불만이었다. 그런 아이들을 보면 피가 거꾸로 솟고 혈압이 상승했다. 그게 학생들이 원하는 거였다. 관심. 하지만 그러다가는 애들에게 끌려다니게 된다는 걸 경험으로 알게 되었다. 신경 써 봐야 건강에 해로울 뿐이었다.

누구에게나 공평하게 신경 쓰지 않았는데 차별 대우라니. 아, 정말!

담임은 손가락으로 이마를 꾹꾹 누르며 공문을 훑어보았다.

장기결석 학생 현황 파악.

최근 5년간 정당한 사유 없이 초·중등 미취학 및 미입학생과 7일 이상 무단으로 결석한 학생, 3개월 이상 장기 결석한 학생을 대상으로 양육 실태 및 결석 사유를 파악할 것…….

결석생이라면 반에 한 명 있었다. 이름이랑 외모가 완전 딴판이라 이름을 듣는 순간 터져 나오는 웃음을 참느라 죽을 뻔한 그 애 이름이 뭐더라. 한 번 보면 절대 잊어버릴 수 없는 외모인데 어째 학생의 얼굴이 가물가물했다. 뭐더라, 이름은…….
그러다 담임은 가까스로 학생의 이름을 떠올렸다. 하니.

하니는 8일째 결석 중이었다. 하지만 무단결석은 아니었다. 독감이라는 결석 사유를 담임은 확실히 파악하고 있었다. 하지만 하니의 결석 이유가 독감이라는 것을 상기하자 담임은 그제야 뭔가 이상하다는 걸 깨달았다. 하니는 지난 봄, 숲 체험 학습 때 반 아이들 모두가 식중독으로 병원에 실려 갔어도 끄떡없던 유일한 학생이 아니던가. 독감 때문에 인류가 멸망해도 살아남을 애가 바로 하니였다. 하지만 아플 수도 있지. 매머드도 얼어 죽었잖아.

그래도 확인은 해 보자 싶어 담임은 문자를 보냈다.

— 어머님, 안녕하세요. 저 하니 담임인데요. 하니 독감 상태는 어떤가요?

답 문자는 오지 않았다. 담임은 책상 서랍에서 양파즙을 꺼내 한입에 쭉 마셨다. 고혈압 예방에 좋다고 해서 마시기 시작했지만 고약한 입 냄새만 남길 뿐, 매일같이 뒷골이 당겼다. 다시 휴대폰 화면을 들여다봤지만 감감무소식이었다. 담임은 다시 서랍을 열어 홍삼즙 한 봉을 꺼내 쭉쭉 빨아 먹었다. 피로 회복에 즉효라고 했지만 의심스러웠다. 이거 가짜 아니야? 담임은 아내에게 전화를 걸어 요즘 들으니 녹용이 좋다는 것 같다고 홍삼즙은 환불하고 녹용즙을 주문하라고 말했다. 담임은 아내와 통화하느라 하니 엄마의 문자를 기다렸던 걸 깜빡 잊었다. 공문도, 이상하게 얼굴이 도통 기억 안 나는 하니에 관해서도 까맣게 잊어버렸다.

하니 엄마의 휴대폰은 엄마 방에 있었다. 엄마가 찾을 마음만 있으면 쉽게 찾으리라고 생각한 곳에 하니는 휴대폰을 두고 왔다. 하지만 쉽지 않으리라는 것도 하니는 알았다. 휴대폰은 화장대 위에 조용히 누워 있었다. 배터리가 닳아서 휴대폰은 꺼진 지 오래였다. 하니의 엄마는 화장대 근처에는 얼씬도 하지 않았다.

트렁크

공 여사와 하니는 길을 잃었다. 아무 데나로 목적지를 정한 뒤 자동차는 고속도로에서 빠져나와 점점 더 좁고 구불구불한 길로 들어섰다. 마을을 지난 건 한참 전이었다. 논밭과 벌판도 지나쳤다. 자동차는 숲 사이 끊길 듯 이어진 길을 기어갔다. 이미 어두워져 있었다.

"조금만 더 가면 뭔가 나올 거야."

공 여사는 확신이 없었지만 하니를 안심시켜 주려고 말했다. 오늘 밤 묵을 곳과 저녁 먹을 식당, 하다못해 길을 물을 사람이라도 나왔으면 했지만 주위에는 불빛 하나 보이지 않았다. 어디쯤인지 짐작도 못한 채, 전조등도 밝히지 않은 차가 음울한 나무 그늘이 드리운 길을 달렸다. 공 여사는 뭔가 찾아내야 한다는 생각에만 집중한 터라 전조등을 켜는 것도 깜빡했다. 사실 전조등 켜는 법도 몰랐다.

결국 공 여사는 차를 세웠다. 앞이 아무것도 보이지 않아 세상 끝에라도 다다른 것 같았다. 잠시 차에서 내려 주위를 살펴 보고 싶었다.

"편의점 같은 건 없구나."

차에서 따라 내린 하니를 향해 공 여사가 말했다.

"그런 것 같네요."

하니가 기운 없는 소리로 대답했다. 배에서 꼬르륵 소리가 나기 시작한 지 오래였다.

"하지만 좋은 소식이 있어. 오늘 밤 잘 데를 발견한 것 같아."

하니는 주위를 한 번 돌아보고 물었다.

"설마 여긴 아니죠?"

"왜 아니겠니. 조용하고 공기도 좋고."

"여긴…… 아무것도 없는데요?"

"푹신한 침대와 이불을 말한다면 그렇지. 하지만 뭔 수가 있을 거다."

공 여사는 자동차 트렁크 문을 힘껏 당겨 올렸다. 하지만 여는 방법을 몰라 진땀만 뺐다. 하니가 자동차 키를 이용해 보라고 가르쳐 줘서 간신히 트렁크 문을 열 수 있었다.

"내가 이걸 쓰게 될 줄이야."

트렁크 안에는 남편의 것이었지만 남편에겐 더 이상 필요 없는 텐트가 들어 있었다. 남편이 공 여사를 차에 태운 적은 손가락으로 헤아릴 정도지만 텐트는 하루도 빼놓지 않고 모시고 다녔다. 트렁크에서 꺼내기 귀찮아서였다. 한평생 공 여사를 귀찮게 하던 남편의 게으름이 이렇게 도움이 될 줄 꿈에도 몰랐다.

"캠핑 온 셈 치자꾸나. 캠핑 가 본 적 있지?"

"네, 학교에서요."

"그리 대단한 건 아니지? 난 한 번도 캠핑 가 본 적 없어서 잘 모르겠지만."

"네, 시시해요."

사실 캠핑은 시시하지 않았다. 끔찍했다. 캠핑이란 하니를 못 잡아먹어서 안달인 아이들과 하루 종일 함께 있어야 한다는 뜻이었다. 하니가 생각하기에 캠핑을 좋아하는 사람은 아무도 없었다. 애들도 싫어하고 캠핑 교관님도 싫어하고 담임도 싫어하고 심지어 관광버스 기사 아저씨도 진저리치는 걸 왜 하는지 이해할 수 없었다. 집이 없는 것도 아니고. 집이 좋은 건 아니지만 그래도 혼자 잘 수 있는 방은 있었다. 비록 아빠 방이긴 했지만 말이다.

"텐트 치는 법은 아세요?"

"대충은."

텐트를 처음 사 오던 날, 남편은 술에 취해서 수십 번이나 같은 말을 하고 또 했다. 딱히 공 여사에게 하는 말은 아니었고 공 여사도 귀담아 듣지 않았지만 그렇게 반복하고 보니 기억에 남을 수밖에 없었다. 남편은 접힌 텐트를 들고 소파 위로 올라가 서서 말했다. 그냥 던지면 돼!

"와."

하니가 소감을 말했다. 텐트가 그럴듯하게 세워졌다.

밤이 되자 숲 속 기온은 급격하게 떨어졌다. 두 사람은 각자의 가방과 트렁크를 끌고 텐트 안으로 들어갔다. 텐트 안은 제법 아늑했다.

"침낭은 네가 쓰렴."

남편 것이지만 이제는 더 이상 남편이 쓸 일 없는 침낭에 코를 대고 킁킁거리던 공 여사는 인상을 찌푸렸다.

"세상에! 이 속에 들어가서 자다가는 냄새 때문에 죽겠다. 당장 빨고 싶은데 그럴 수도 없고. 입으로만 숨 쉬며 잘 수 있겠니? 이렇게. 하아, 하아."

"전 괜찮아요."

하니가 트렁크를 열었다.

"저도 침낭 있어요."

하니가 침낭을 꺼내 보여 줬다. 공 여사 남편의 것과 달리 깨끗한 데다 캠핑 장비에 대해 깜깜한 공 여사의 눈에도 고급스러워 보이는 침낭이었다. 하니는 트렁크를 뒤지더니 등이 달린 머리띠를 꺼내 이마에 둘렀다. 딸깍, 하자 텐트 안이 환해졌다. 헤드랜턴으로 밝히자 트렁크 안에서 물건 찾는 게 더 쉬워졌다. 하니는 탈취제를 꺼내 공 여사 남편의, 아니 이제는 공 여사의 것이 된 침낭에 대고 칙칙 뿌렸다.

"세상에 네 가방엔 별게 다 들었구나."

"아, 뭘요."

하니는 텐트 바닥에 휴대용 돗자리를 펴고 그 위에 담요를 깔며 대답했다. 하니의 트렁크는 무지 컸고, 아직 들어 있는 게 얼마든지 있었다. 하니는 하나하나 꺼내며 말했다.

"라면, 컵라면, 컵떡볶이, 참치 통조림, 이건 고추참치, 마요참치, 식빵, 다이어트바, 다이어트바는 열량이 꽤 높다는 거 아세요?"

"그래? 다이어트에 도움이 되겠구나. 다이어트를 하다 보면 열량이 부족할 테니까."

"여기 포만감을 높여 준다고 쓰여 있어요. 천 박스쯤 먹으면 그럴지도 모르죠."

하니의 트렁크에서는 무언가가 계속 나왔다. 초콜릿, 초콜릿 바, 비스킷, 감자칩, 달콤한 맛 감자칩, 바비큐 맛 감자칩…….

공 여사의 입이 떡 벌어졌다.

"이 정도면……."

공 여사가 빙긋 웃으며 말했다.

"캠프파이어를 해도 되겠다."

장미

아줌마는 캠프파이어가 어떤 건지 모르는 것 같았다. 하니에게 캠프파이어는 최악이었다. 특히 촛불을 들고 소원 같은 걸 빌어야 하는 부분이 가장 지독했다.

촛불 꺼뜨리면 죽어. 캠프 교관님들은 소리 내지 않고 위협했다. 하지만 애들은 촛불을 나눠 받자마자 서로의 촛불을 꺼뜨리느라 난리법석이었다. 하니가 초에 불을 붙이자마자 사방에서 바람이 불어닥쳤다. 거의 태풍급이었다. 침도 섞여 있는 엄청난 바람이었다. 하니는 제발 다시는 캠핑 오지 않게 해 달라고 빌었지만 이미 꺼진 촛불에 빌어 봤자였다. 물론 소원은 이뤄지지 않았다. 자꾸 촛불을 꺼뜨린다고 하니는 교관님께 야단만 맞았다.

캠핑이 처음이라니, 하니는 아줌마의 평탄한 인생이 부러워 죽을 지경이었다. 제정신이 아닌 애들을 한 막사 안에 스무 명씩 처넣어 함께 자게 하면 어떤 일이 벌어지는지 아줌마는 상상도 못할 것이다. 아줌마의 아이는 캠핑 가서 괴롭히는 아이였는지, 아니면 괴롭힘 당하는 아이였는지 하니는 궁금해졌다. 괴롭히는 애라면 엄마에게 아무 말 하지 않았을 거고 괴롭힘 당한 애라면 말하지 못했을 거다. 말해야 소용없지. 하니는 초콜릿바 하나를 입안에 황급히 쑤셔 넣고 군말 없이 공 여사를 따라 나뭇가지를 주우러 나섰다.

숲은 온갖 나무가 너무 빽빽해서 길 찾기도 쉽지 않았다. 길이란 게 원래 없는 것 같았다. 편백, 졸참나무, 서어나무, 상수리나무, 종려수, 동백, 단풍나무……. 밤이라 잘 보이지도 않을 텐데 나무 사이를 헤쳐 나아가며 공 여사는 친구라도 만난 듯 반갑고도 다정한 목소리로 나무의 이름들을 불렀다. 하니는 나무에 그렇게 다양한 종류가 있는지 처음 알았다. 나뭇가지에 축축 늘어져 있는 넝쿨이 어둠 속이라 괴상하게 보였다. 달빛에 생겨난 그림자들이 유령처럼 흐느적거리며 뒤따라왔다. 바닥은 미끄러웠다. 이끼와 지난가을의 낙엽과 새로 돋아난 풀로 뒤덮인 길이 잎 넓은 식물에 가려져 있었다. 가끔 멀리서 구우구우, 소리가 들려왔으나 이내 적막해졌다. 보이지 않았지만 살아 움직이는 것들의 움직임이 느껴졌다. 침엽수와 활엽수, 난대림과 온대림, 잠든 것과 깨어난 것, 산 것과 죽은 것들이 뒤섞인 기묘한 숲이었다.

"엘프가 나올 것 같네요."

"엘프?"

"숲에 살면서 채식만 하는 종족이에요."

"오래 살겠구나."

"그런 편이죠. 그런데 무슨 냄새가 나는 것 같아요."

하니가 어두운 숲 속을 향해 코를 킁킁거리며 말했다.

"백리향일 거다. 하얗고 작은 꽃이지만 백 리까지 향기가 퍼진다고 붙여진 이름이란다. 이맘때쯤 숲 속에 피어나지."

"잘 아시네요."

"어릴 때 시골에서 살았거든. 한 일 년쯤."

"아아."

"여긴 내가 어릴 때 살던 마을에 있던 숲과 비슷하구나."

"그래요?"

"어디가 어딘지 통 모르겠더라고."

하니의 이마에 밝혀진 랜턴 불빛이 숲 속을 가늘게 비췄다. 빛이 닿는 곳 외에는 암흑이라 마치 눈을 감고 걷는 기분이었다. 숲의 밤공기는 어찌나 기름진지 불을 붙이면 그대로 활활 타 버릴 것만 같았다. 축축한 땅에 쌓인 나뭇잎과 이슬을 머금은 풀 밟히는 소리만 조용히 울렸다. 간혹 하니가 불빛을 숲 안으로 비추면 황급히 무언가가 풀 사이를 훑고 사라지는 소리가 나다가 점점 멀어져 숲은 다시 고요로 돌아갔다. 간혹 날개를 푸드덕거리며 날아오르는 새소리에 깜짝 놀라 둘은 손을 꽉 잡기도 했다. 하니는 허공으로 날아가는 치킨을 본 것 같았다.

가만히 귀를 기울여 보면 희미하게 물 흐르는 소리가 졸졸 났지만 보이지는 않았다. 그 소리가 하니에게는 기름 튀는 소리처럼 들렸다. 치이익, 촤아. 프라이드치킨, 양념치킨, 감자튀김, 햄버거, 콜라, 피자, 감자칩. 아삭아삭, 바삭바삭, 와작와작. 노란 불빛만 따라 걷는 하니는 점점 더 정신이 몽롱해졌다. 끈적끈적하게 흘러내리는 노랗고 달콤한 것. 하니의 온몸이 흐느적거리며 꿀로 변하고 있었다. 발이 바닥에 들러붙어 잘 떨어지지 않았다.

"이 정도면 될까?"

하니는 눈을 번쩍 떴다. 공 여사가 품에 안은 나뭇가지를 보여 주며 말했다.

텐트 앞으로 돌아온 두 사람은 주워 온 나뭇가지를 쌓았다. 땔감의 양으로 어림해서 삼 분 정도는 불이 타겠다고 하니는 생각했다. 그 정도면 소원을 서른일곱 개 정도는 빌 수 있을 것 같았다. 첫째, 학교 캠핑은 없어지게 해 주세요. 둘째, 학교 캠핑은 꼭 없어지게 해 주세요. 셋째, 학교 캠핑은 반드시 없어지게 해 주세요……. 서른일곱 번째 소원까지 이하 동문.

"이런, 바보 같으니라고!"

공 여사가 탄식하듯 말하더니 황급히 덧붙였다.

"아니, 내 말은 내가 바보짓을 했단 말이야."

"왜요?"

"라이터도 없는데 캠프파이어를 하겠다니."

"아아."

"혹시 캠핑 가서 배우지 않았니? 나뭇가지를 비벼서 불을 붙인다든가 하는 방법 말이야."

"설마요. 캠핑장에 라이터 하나 없겠어요? 성냥이라도 있겠죠. 아!"

하니는 텐트 안으로 들어갔다가 나왔다. 하니의 손에 성냥갑이 쥐어 있었다.

"세상에, 정말 네 가방엔 없는 게 없구나. 비둘기, 토끼, 그런 것도 튀어나오는 거 아니니?"

하니가 씩 웃더니 말했다.

"손수건 좀 빌려주시겠어요?"

"손수건?"

공 여사가 치마 주머니에서 손수건을 꺼내 건넸다. 하니는 손수건을 펼쳐서 앞뒤로 보였다. 아무것도 없다는 걸 확인해 주는 것 같았다. 도대체 뭘 하려는 걸까. 공 여사의 눈이 살짝 커졌다. 하니는 손수건 한쪽 끝을 잡고 탁탁 털어 보이더니 공 여사에게 내밀었다.

"잠깐만 잡고 있으시겠어요?"

공 여사는 조금 얼떨떨하긴 하지만 기대에 찬 표정으로 하니가 시키는 대로 손수건 끝을 살포시 잡았다.

하니는 작은 성냥갑을 밀어 열었다. 그 안에 성냥개비 다섯 개가 들어 있었다. 하니가 성냥개비 하나를 집어 탁, 하고 불을 붙였다. 불이 확 타올랐다. 하니는 재빠르게 성냥불을 손수건 아래 갖다 댔다. 화르륵, 손수건이 타올랐다. 어머, 하며 공 여사가 손수건을 떨어뜨렸다. 기다렸다는 듯이 하니가 불붙은 손수건을 잡아챘다.

"어머, 얘야!"

공 여사가 화들짝 놀라 하니의 손을 붙잡았다. 하니는 주먹을 꼭 쥐었다.

"붙은 거니? 손이 안 펴지니? 안 펴져? 하니야!"

하니가 주먹을 쫙 폈다. 공 여사의 눈이 동그래졌다. 하니의 손 위에 장미 한 송이가 피어나 있었다.

하니는 장미를 공 여사에게 내밀었다. 공 여사가 받아 들자 하니는 무사한 손을 앞뒤로 보여 주더니 다시 주먹을 쥐었다 펴 보였다. 손바닥 위에 공 여사의 손수건이 곱게 접혀 있었다.

"세상에."

공 여사가 중얼거렸다.

"별거 아니에요."

"아니, 아니. 정말 멋지다."

"코코가 가르쳐 준 거예요."

마법사

코코는 꿈이 자주 바뀌었는데 우주인 전에는 유물 발굴가였고, 그 전에는 화석 채집가와 운석 수집가, 그 전에는 해저탐사가, 비행사, 다이버, 암벽 등반가, 다큐멘터리 영화감독, 사파리 투어 가이드, 해적이었다. 그때는 꿈이 마법사였다. 물론 하니와 코코가 「반지의 제왕」에 빠져 있을 때 말이다. 「해리 포터」도 괜찮았지만 「반지의 제왕」은 최고였다.

어느 날 '우리 집'에서 김밥과 떡볶이를 함께 먹고 나서 코코가 전단지 한 장을 하니에게 보여 줬다.

초대장

환상의 마술 학교에 당신을 초대합니다!

커다란 글씨 아래에 전형적인 사진도 곁들여 있었다. 검고 길쭉한 실크해트를 쓰고 망토를 두른 남자가 한 손에 지휘봉 같은 걸 들고 양팔을 벌리고 있는, 마술사 하면 누구나 떠올릴 만한 뻔한 사진 말이다.

"초대한다며 왜 수업료를 받는 거야?"

하니는 전단지 뒷면을 읽어 보다 코코에게 물었다. 뒷면에는 수업 내용과 시간, 수업료 등이 적혀 있었다.

"호그와트는 공짜였던 것 같은데?"

떡볶이 국물이 밴 나무젓가락을 마술봉처럼 휘휘 저으며 코코가 대답했다.

"호그와트는 마법 학교니까."

하니는 다시 앞면을 들여다봤다. 과연 마술 학교라고 적혀 있었다.

"마술사랑 마법사랑 다른 거야?"

"물론이지."

"어떻게 다른데?"

"마법 학교를 졸업하면 마법사가 되고, 마술 학교를 졸업하면 마술사가 되지."

하니는 이의를 제기할 수 없었다.

"그럼 넌 마술사가 되는 거니?"

"무슨 소리. 마법사가 돼야지."

"그럼 이 전단지는 왜 가져온 거야?"

"한번 가 보려고."

"왜?"

"안 될 건 뭐야."

그래서 하니와 코코는 마술 학교에 찾아갔다.

"지하철 벽 통과하는 법부터 가르쳐 달라고 해. 너무 멀잖아."

마을버스 안에서 하니가 코코에게 말했다. 지하철역에서 내린 뒤 갈아탄 마을버스는 좁은 골목을 달려 자꾸만 비탈길로 올라가고 있었다. 처음 와 본 길이었고 집에서는 꽤 떨어진 곳이었다.

"안 될걸. 그건 마법 학교에서나 가르쳐 줄걸."

코코는 기대치가 낮아도 너무 낮았다. 그럼 동전이나 카드 속임수 따위나 배우려고 마술 학교에 다닐 셈이란 말인가?

아니나 다를까 마술사는 우선 동전과 카드 마술부터 가르쳐 주겠다고 했다. 하지만 그 전에 등록을 하고 수업료를 내야 됐다. 일대일 맞춤 수업은 수업료가 좀 더 비싸다고 마술사가 말했다. 하니와 코코는 주위를 한번 둘러보았다.

낡은 삼 층짜리 빌라 지하에 위치한 마술 학교는 학교라기보다는 잡동사니가 뒤섞인 비좁은 창고처럼 보였다. 창문이 있음

직한 벽에는 두꺼운 커튼이 드리워져 한낮인데도 밤처럼 컴컴했다. 천장에서부터 바닥까지 늘어뜨린 수많은 색색깔 전구 때문에 그렇잖아도 작은 방이 더 어수선해 보였다. 녹슨 철제 캐비닛은 고장 난 문 사이로 색 바랜 천과 리본, 깃털 같은 걸 잔뜩 토해 놓았고 바닥은 밟을 때마다 쩍쩍 소리가 났다. 천장까지 가득 쌓인 상자들은 금방이라도 무너질 듯 위태위태했고, 실제로 쓰러져서 다시 주워 담느라 잠시 야단법석이 났다. 해골 두 개와 갈비뼈 열일곱 개와 손가락 아홉 개, 피가 뚝뚝 떨어지는 심장과 고양이 수염 일곱 개와 쥐꼬리 열세 개를 방 안에서 찾아 상자에 담았는데 마술사가 고양이 수염 두 개가 없어졌다고 하는 통에 하니와 코코도 고양이 수염 찾는 것을 도와야만 했다. 바닥을 한참 기어 다녔지만 결국 고양이 수염은 찾지 못했다.

온몸이 먼지투성이가 된 하니와 코코가 탁자에 앉았다. 방 한가운데에 놓인 탁자는 방에 비해 터무니없이 컸고 제각각 크기와 모양이 다른 의자는 성한 것이 하나도 없었다. 탁자 위에는 수상한 그림자가 떠올랐다 사라지는 수정 볼이 희미하게 빛나고 있어서 전체적으로 방은 악몽처럼 보였다. 하니와 코코, 그리고 마술사뿐이었고 여간해서는 누구도 찾아올 것 같지 않았다.

“일대일 맞춤 수업에선 뭘 가르쳐 주나요?”

코코가 물었다.

“우선 동전과 카드 마술부터 배우지.”

사진과 달리 마술사는 검은 실크해트도 쓰지 않고 망토와 마술봉도 없이 목이 늘어진 티셔츠에 몹시 구겨진 바지를 입고 있었다. 신발만은 반짝거리는 에나멜 구두였다. 잔뜩 헝클어진 머리에 진한 다크서클, 바람 빠진 풍선처럼 축 처진 볼이 턱 밑까지 늘어진 마술사의 얼굴이 하니네 동네 중국집 사장과 꼭 닮아 보였다. 찾지 못한 고양이 수염 때문에 낙심한 얼굴이 손님 없는 홀에 우두커니 혼자 앉은 모습이랑 똑같아서 하니는 혹시 중국집 사장님 아니냐고 물어볼 뻔했다.

“카드 마술에 안 넘어가는 여자가 없지. 작업용으로 최고야.”

마술사는 자신의 실수를 깨닫고 즉시 말을 바꿨다.

“동전 마술에 안 넘어가는 남자 없지. 남자란 동전에 환장하거든.”

마술사는 또다시 실수한 것 같은 생각이 들었다.

“거, 뭐냐, 친구들도 아마 좋아할걸?”

“됐어요. 우린 친구 없어요.”

"그럴 것 같긴 했다."

잠시 침묵이 이어졌다.

"시시한 건 넘어가죠."

코코가 제안했다.

"수업 내용은 선생님이 결정하는 거다."

마술사는 기운도 의욕도 없어 보이는 외모와 달리 소신을 굽히지 않았다.

"동전이랑 카드 마술은 구려요."

"그건 곤란하단다. 거, 뭐냐, 기초 없는 마술은 사기거든."

"그럼, 사기를 가르쳐 주세요."

"그런 거라면 굳이 여기 와서 배울 필요 없지. 밖에 나가면 얼마든지 배울 수 있을걸?"

"합격."

코코가 말했다.

코코는 매주 지하철과 마을버스를 갈아타고 마술 학교에 갔다. 하니도 별수 없이 코코를 따라가서 함께 수업을 받았다. 구리지만 동전이랑 카드 마술도 배웠고 역시 구리기 마찬가지인 고무줄 마술도 배웠다. 아무 짝에도 쓸모없는 것들이었다. 친구도 없는데 어디다 써먹는단 말인가. 코코가 배우고 싶은 건 친구에게 써먹는 마술이 아니라 적에게 써먹을 마법이었다.

당장 때려치우겠다고 생각하자 마술사가 눈치라도 챈 것처럼 장미꽃 피우는 마술을 가르쳐 줬다. 하니는 코코에게 조금 더 참아 보자고 말했다. 장미꽃도 피워 냈으니 케이크나 쿠키를 만드는 마술 정도는 배울 수 있을 것 같았다.

"드래곤은 언제 소환할 수 있어요?"

어느 날 콧속에 젓가락 넣는 마술을 연습하며 코코가 마술사에게 물었다.

"그건 안 돼."

"못해요?"

"못하는 게 아니라 안 된다니까."

"왜요?"

"걘 엄청 위험하잖아. 불도 막 내뿜고. 여긴 화재보험도 안 들었단 말이야."

"위험한 건 못해요?"

"천만에. 마술의 본질은 위험이야. 위험하니까 매력적인 거다. 마술이 위험을 무릅쓰는 이유가 뭔지 아냐?"

"여자를 유혹하려고?"

"저, 정답."

정곡을 찔린 듯 마술사가 겸연쩍은 미소를 지었다.

"너희들은 마술이 뭐라고 생각하냐?"

"속임수?"

"천만에. 마술은 말이지, 사람을 속이는 게 아니야. 사람들이 은밀하게 숨기고 있는 것을 찾아내는 거지."

"뭘 숨겼는데요?"

"환상."

마술사는 갑자기 망토를 걸치고 실크해트를 썼다. 그리고 마술봉을 휘둘렀다.

마술봉 끝에서 풍성한 꽃다발이 피어났다. 다시 마술봉을 휘두르자 꽃다발이 오색 깃털로 변했다가 펑 소리와 함께 폭죽이 터지고 리본이 날리며 종이꽃이 사방에 휘날렸다. 다시 마술봉을 허공을 향해 휘두르자 펑펑 불꽃이 퍼져 방 안이 온통 번쩍거렸다.

"저건 십만 원짜리 마술 키트쯤 될 거야."

코코가 하니의 귀에 대고 말했다.

마술사가 오케스트라 앞에 선 지휘자처럼 심각한 표정으로 마술봉과 손을 모아 들었다. 지휘자의 손가락만 쳐다보는 연주단원처럼 하니와 코코도 마술봉에 집중했다. 어디선가 나지막

하게 그르렁거리는 소리가 들려왔다. 그리고 한동안 정적이 흘렀다. 하니와 코코는 저도 모르게 침을 꿀꺽 삼켰다.

그 순간 마술사가 마술봉을 힘차게 휘둘렀다. 번쩍. 섬광이 번뜩였다. 그리고 콰광. 고막이 찢어질 듯한 천둥소리가 났다. 하니와 코코의 입이 떡 벌어졌다. 철판 위를 두드리는 듯한 요란한 빗소리가 한번 지나가더니 천장 위에 영롱한 무지개가 떴다. 너무도 찬란해서 하니와 코코는 눈을 감았다. 잠시 뒤에 눈을 가늘게 떠 보니 다시 암흑 속이었다. 희미한 촛불 하나만 타오르고 있었다.

하니와 코코가 정신없이 박수를 쳤다. 마술사가 모자를 벗고 공손히 인사했다. 그 순간 모자에서 토끼가 튀어나왔다. 그 뒤로 족제비가, 족제비 뒤로 너구리가, 너구리를 따라 은빛 여우가 튀어나오더니 사방에서 으르릉거리고 컹컹대는 소리가 요란하게 나서 하니와 코코는 몸을 부르르 떨었다. 토끼를 족제비가, 족제비를 너구리가, 너구리를 은빛 여우가 뒤쫓아 하니와 코코를 둘러싸고 원을 그리며 달리기 시작했다. 원이 점점 빨라지더니 소용돌이를 일으켰고 점점 거세지는 소용돌이를 타고 방 안의 모든 잡동사니가 솟아오르기 시작했다. 하니도 떠올랐다. 코코가 하니의 손을 붙잡았다. 하니와 코코는 손을 잡은 채

둥실 날아올랐다. 마술사가 마술봉을 크게 휘두르자 토끼와 족제비와 너구리와 여우는 눈 깜짝할 새에 캐비닛과 상자 속으로 숨어 버렸다. 하니와 코코가 엉덩방아를 찧었다.

다시 방 안은 고요해졌다. 하얀 깃털 하나가 천장에서부터 천천히 좌우로 흔들리며 내려왔다.

갑자기 푸드득 소리가 났다. 마술사가 모자에서 비둘기를 꺼냈다. 온몸이 눈처럼 하얀 비둘기가 마술사의 손가락 위로 사뿐히 앉았다. 마술사가 비둘기를 코코에게 내밀었다. 코코가 손을 뻗자 비둘기가 코코의 손 위로 옮겨 앉았다. 하니는 비둘기의 깃털을 살짝 쓰다듬어 보았다. 아주 매끄럽고 포근했다. 구우구우, 작은 소리로 비둘기가 울었다.

마술사가 긴 망토로 온몸을 감쌌다. 높다란 실크해트부터 반짝이는 에나멜 구두까지, 마술사의 통통한 몸이 망토 속으로 감춰졌다. 마술사의 망토가 한 바퀴 빙그르 돌더니 갑자기.

펑.

작은 소리가 울리고 하얀 연기가 솟더니 망토가 바닥에 툭 떨어졌다.

마술사는 사라지고 없었다.

하니와 코코는 비둘기를 품에 안고 마술 학교를 나왔다. 공

중을 향해 비둘기를 던지니 푸른 하늘로 날아오른 비둘기는 이내 보이지 않게 되었다. 어디선가 컹컹 여우 우는 소리가 희미하게 들려왔다.

하니와 코코는 그 뒤로 다시는 마술사를 만나지 못했다.

딸기잼

주워 온 나뭇가지에 불이 쉬 붙지 않았다. 마법의 성냥도 젖은 나무에는 아무 소용 없었다. 공 여사는 캠프파이어를 하지 못하게 되었다고 낙심했고 하니는 생라면을 먹을 수밖에 없다고 생각했다. 하니와 공 여사는 텐트 안에서 생라면과 다이어트 바와 감자칩을 나눠 먹었다. 조금도 배가 부르지 않았기 때문에 하니는 참치 통조림과 식빵으로 샌드위치를 만들었다.

"이거 정말 맛있구나."

공 여사가 말했다.

"배가 고파서일 거예요."

하니도 샌드위치를 크게 베어 물었다. 공 여사는 미소 띤 얼굴로 하니를 바라보았다. 누군가 공 여사를 위해 음식을 만들어 준 건 정말 오랜만이었다.

"이제 슬슬 디저트를 먹어 볼까."

공 여사는 가방에서 잼을 꺼내 식빵에 바르기 시작했다. 잼을 잔뜩 바른 빵을 하니와 공 여사가 사이 좋게 하나씩 입에 물었다. 으음, 하는 소리가 동시에 흘러나왔다.

"이 잼도 직접 만드신 거죠?"

"응, 내 입으로 말하긴 그렇지만 그랜마스 쿠키앤잼의 딸기잼을 안 먹어 본 사람은 있어도 한 번만 먹은 사람은 없단다."

"이건 뭐랄까……."

하니가 입가를 혀로 살살 핥은 뒤 말했다.

"두툼한 쇠고기 패티 위에 바삭하게 구운 베이컨을 올리고 또 패티를 올리고 그 위에 두꺼운 햄을 올린 뒤 또 패티를 올리고 그 위에 치즈를 듬뿍 올린 햄버거 같은 느낌이에요. 아, 제 말은 진짜 최고라고요."

"고맙구나. 하지만 최고의 딸기잼은 아니야. 난 그저 흉내만 내고 있을 뿐이지."

"흉내라고요?"

"응. 비슷하긴 하지만 아무리 그 맛을 내 보려 해도 안 된단다."

공 여사는 숟가락으로 잼을 듬뿍 덜어 냈다. 붉고 진한 잼이었다.

"그 딸기잼을 먹은 게 너무도 오래전이지만 맛은 아직도 또렷이 기억나. 이 잼과 비슷하지만 분명 달라. 아마 죽을 때까지 그 맛을 낼 수 없을 거야. 그 딸기잼과 똑같이 만들 수 있는 방법은 딱 한가지뿐이거든."

"그 방법이 뭐예요?"

"숲을 찾아야 해."

"숲이요?"

"내가 어렸을 때 살았던 마을에 있던 숲."

"그곳이 어딘데요? 그 숲을 찾아가면 되겠네요."

"응. 하지만 그곳은 없어."

"없어졌어요?"

"그게……, 도무지 찾을 수가 없단다."

"그럼, 아줌마는 그곳에 어떻게 갔는데요?"

"나도 모르겠어. 내가 그 숲에 대해서 말하기만 하면 우리 가족은 거짓말이라고 했지. 그런 숲 같은 건 없다고. 하지만 거짓말하는 쪽은 우리 가족이었어. 날 버렸다는 걸 숨기려고 내게 거짓말했던 거지."

"아줌마를 버렸어요?"

"거의 비슷해."

"숲에 버린 거예요?"

"아니, 숲은 내 발로 찾아갔단다."

공 여사는 너무 두텁게 잼을 바른 것 같다고 하니에게 사과하며 빵을 내밀었다.

빵을 덥석 베어 문 하니는 하아, 하고 저도 모르게 한숨을 쉬었다. 이렇게 맛있는 딸기잼 바른 빵을 우유도 없이 먹다니 너무나 가혹한 일이었다. 딸기잼은 하얀 우유와 함께 먹는 게 최고라고 하니는 생각했다. 심지어 하니는 딸기잼을 우유에 타서 먹기까지 했다. 핑크색으로 변한 우유를 쭉 들이켠 뒤 바닥에 남은 찐득한 딸기잼을 숟가락으로 퍼먹는 맛이란. 다 먹었다고 생각했던 과자 봉지에서 하나 남은 과자를 발견한 것처럼 짜릿했다.

"우유가 있으면 더 맛있을 텐데."

공 여사가 하니 속을 들여다본 것처럼 말했다.

"그 집에선 보들보들하고 보얀 빵 위에 붉은 딸기잼을 발라서 하얀 우유와 함께 줬단다."

"누가요?"

"할머니가."

"진짜 그랜마스 잼이었군요."

"응, 하지만 진짜 할머니는 아니었어."

"아줌마처럼요? 할머니인 척한 거예요? 그분도 쇼핑몰을 운영했어요?"

공 여사는 빙그레 웃었다.

"아니, 쇼핑몰이란 게 없던 때라 안타깝지 뭐니. 내가 어렸을 때니까. 나도 아이였을 때가 있었다니, 믿어지니?"

"저도 옛날엔 어렸죠."

공 여사와 하니가 노란 불빛 속에서 마주 보며 씩 웃었다.

"그럼 그때 할머니, 그러니까 가짜 할머니한테 잼 만드는 걸 배운 거예요?"

"아니, 할머니는 내게 글 읽는 법을 가르쳐 줬어."

"글 읽는 법을 배웠다구요?"

"그래. 세상에, 난 아홉 살 때까지 글을 못 읽었어."

공 여사는 재밌다는 듯이 웃음을 터뜨렸다.

"일 년이나 학교를 다녔지만 내가 글을 못 읽는다는 걸 가족 모두 몰랐어. 집에서는 뭘 읽을 일이 없었거든. 아무도 내 공부에까지 신경 쓸 틈이 없었어. 우리 부모님은 굉장히 바빴어. 시장에서 과일 장사를 했거든. 게다가 나 말고도 우리 집엔 애가 셋이나 더 있었단다. 오빠와 언니, 그리고 동생. 그런데 엄마가 동생을 또 낳았어. 그러니까 애가 다섯이 된 거지. 엄마가 일도 하면서 아이 다섯을 돌보는 건 벅찼지. 그래서 시골에 사는 고모 댁에 애 하나를 맡기기로 했어. 고모네 집에는 애는 없고 동물이 많았어. 돼지랑 닭 같은 거.

그럼 누굴 보낼까. 오빠한테는 씨도 안 먹힐 소리였지. 오빠는 친구들이랑 쏘다니는 데 정신이 팔려서 집에 없다시피 했으니까 보내고 말 것도 없었어. 언니는 쓸모가 있었지. 언니는 엄마 대신 집안일을 거의 도맡고 있었는데 아기 기저귀 갈아 주는 데도 꼭 필요했지. 내 동생은 쓸모는 없었지만 귀여웠어. 그래서 선택된 게 나였단다. 난 쓸모도 없고 귀엽지도 않았으니까. 일 년 동안 고모네 집에서 살다 집으로 돌아왔지. 일 년 만에 보니까 얼마나 식구들이 서먹하던지. 막냇동생은 내 얼굴만 보면 울음을 터뜨렸어."

공 여사가 말을 멈추더니 텐트 밖으로 귀를 기울였다.

"무슨 소리가 나는 것 같지 않니?"

하니도 잠시 귀를 기울였다가 말했다.

"개가 있나 봐요."

"그래, 마을이 근처에 있나 보다."

공 여사와 하니는 조금 더 가깝게 당겨 앉았다.

"집으로 돌아와서 난 한동안은 한마디도 안 했어. 몹시 화가 나 있었거든. 가고 싶지 않았는데 마음대로 보내 놓고 이번에는 돌아오고 싶지 않은데 데려왔으니 말이야. 하지만 사실 화가 났다기보다는 아팠어. 심장이 쿡쿡 쑤시듯 아파서 걸핏하면 울곤 했지. 특히 밤이면 너무 심장이 아려서 자다가 일어나 통곡하듯 울었지. 울음소리에 동생이 놀라서 깨어나 따라 우는 통에 부모님께 야단만 맞았어. 시간이 좀 흐른 뒤 이번에는 갑자기 말이 홍수처럼 쏟아져 나왔어. 하루 종일 이야기를 했지. 누구라도 괜찮았어. 말도 못하는 동생이라도 상관없었어. 시골 이야기가 하고 싶어서 견딜 수 없었거든. 그런데 내가 시골 이야기만 하면 식구들은 방학 때 잠시 다니러 갔던 걸 착각한 거라고 했지. 날 버린 게 양심에 찔렸던지 비밀로 할 셈이었나 봐. 하지만 잠시라니. 눈이 쌓였을 때 가서 한 해가 지나고 다시 눈이 쌓였을 때 돌아왔는걸. 하니야, 만약 동생이 장난치다 박살 낸 벽시계를 내가 치우느라 들고 있다는 이유만으로 엄마에게 혼이 났다면 어떤 기분이겠니?"

"전 동생이 없어서 잘 모르겠지만 굉장히 억울할 것 같아요."

"바로 그거야. 굉장히 억울했지. 내가 아무리 사실대로 이야기해 봐야 믿지 않았거든. 사람들은 자기가 믿고 싶은 대로만 보고 듣는 법이거든."

공 여사는 자신의 말에 고개를 끄덕이는 하니를 보고 미소 지었다.

"그런데 참 이상한 일은 그렇게 시간이 흐르고 보니까 나도 의심하게 되더라. 그게 정말 있었던 일인가 하고."

공 여사가 바닥에 놓인 랜턴을 가만히 바라보았다. 환한 불빛을 한동안 바라보자 눈앞이 어두침침해졌다. 눈을 몇 번 깜빡거리고 나니 흐릿했던 하니가 다시 똑똑히 보였다.

"하지만 진짜였죠?"

이야기

"시골의 겨울은 도시보다 길었어."

공 여사는 침낭 밖으로 얼굴만 내놓은 채 이야기를 시작했다. 옆에는 역시 침낭 속에 들어간 하니가 누워 있었다. 하니의 침낭은 반쯤 지퍼를 올리고 나니 더 이상 올라가지 않았다. 공 여사가 덮어 준 카디건이 하니의 가슴 위에 짤막하게 걸쳐 있었다. 헤드랜턴을 꺼 두었지만 텐트 안은 완전히 깜깜하진 않았다. 희미한 달빛이 스며들어 텐트 안을 비춰 주었다.

"겨울 끝자락이었지만 고모네 집에 도착하니 눈발이 날렸어. 그늘진 곳에는 얼음이 두껍게 얼어 있었고 멀리 보이는 산꼭대기엔 하얗게 눈이 쌓여 있었지. 온종일 기차와 버스를 갈아타고 고모네 집에 도착하자마자 아빠는 나 혼자 남겨 두고 돌아갔어. 빨리 돌아가서 과일 가게를 다시 열어야 했으니까. 아빠가 갈 때는 울지 않았지만 밤에 자려고 고모 옆에 누우니까 눈물이 나기 시작했어. 고모는 눕자마자 바로 코를 고는 분이라 내가 매일 밤 우는 것도 몰랐어. 다행이었지. 울지 않고 고모 말 잘 듣고 있어야 빨리 데리러 온다고 아빠가 그랬거든.

며칠 뒤에 학교에 갔는데 전학한 학교는 굉장히 작더구나. 이 학년은 한 반뿐이고 학생 수도 얼마 안 됐어. 나는 친구를 사귀지 못했어. 애들은 내가 입을 열 때마다 웃어 댔어. 내 말투도 이상하고 옷 입는 것도 이상하다고 놀려 댔지. 지금 생각해 보면 나랑 친해지고 싶어서 그랬던 것 같은데 나는 모든 게 다 싫기만 했어. 늘 집으로 돌아갈 생각만 하느라 애들은 안중에도 없었거든. 저기, 내 얘기 지루하지 않니?"

"아니요."

"음…… 혹시 네 나이에는 낙엽만 굴러가도 까르르 웃을 때라는 말 들어 봤니?"

"아니요."

"그러게. 그게 어떻게 가능한지 모르겠다."

"그러게요."

"우리 아들은 변신 로봇 장난감을 선물로 받은 뒤로 웃는 걸 못 봤는데. 그게 일곱 살 땐가 여덟 살 땐가 그랬어."

"아들이 있어요?"

"응. 집을 아주 좋아한단다. 대학 졸업한 뒤로 갑자기 좋아하게 되더라. 집에서 꼼짝도 안 해."

"취업이 어렵다고 그러던데요."

"그런가 봐."

"문제죠. 세상은 문제투성이인 것 같아요. 근데 답도 없죠."

공 여사는 미소를 지으며 고개를 돌려 하니를 바라보았다. 침낭 속의 하니는 모포에 싸인 커다란 아기처럼 보였다.

"난 사실 대체로 친구가 없었어. 별로 친구를 잘 사귀는 타입은 아니었거든."

"저도 그런 편이에요."

"너에겐 음……, 코코가 있잖니."

"네, 다행이죠."

"코코는 차 안에서 자도 정말 괜찮겠니?"

"음…… 괜찮을지 모르겠지만 고집이 세거든요. 차에서 자고 싶다고 했으니 말려도 소용없어요."

"혹시……."

"혹시 뭐요?"

"혹시 날 싫어하나 싶어서."

"아닐걸요. 낯을 좀 가릴 뿐이에요."

"그렇다면 다행이지만."

"아줌마, 그래서 친구는 사귀었어요?"

"아니, 난 늘 고모가 안 보는 곳에 숨어서 엄마가 사 준 목도리나 만지며 찔끔거렸지. 나만 빼놓고 식구들은 즐겁게 지낼 생각을 하니까 분해서 견딜 수가 없었거든. 그러다가 고모한테 들켜서 혼쭐이 났지. 그만 질질 짜고 나가서 닭 모이나 주라고 해서 닭장으로 들어갔는데 세상에, 닭이 얼마나 난폭한 동물인지 너, 아니?"

닭이란 단어를 들으니 하니의 머릿속에 자연스레 치킨이 떠올랐다. 하니는 결석한 동안 매일 치킨을 주문했지만 질리는 법이 없었다. 치킨 배달 아저씨는 친절해서 늘 콜라를 한 병 더 서비스로 줬다.

"맛은 좋은 편이죠."

"그건 죽은 다음이지. 살아 있을 때는 굉장해. 닭장 안에 들어가자마자 일제히 나를 노려보는 노란 눈동자들이 얼마나 무섭던지. 갑자기 닭들이 홰를 치며 사정없이 나를 공격하기 시작했어. 닭 모이를 던져 놓고 정신없이 도망 나왔단다. 닭장 문 닫을 겨를도 없었어. 이때다 싶던지 활짝 열린 닭장 문 사이로 닭들이 탈출하더니 사방팔방으로 줄행랑쳤어. 제일 크고 화려하게 생긴 수탉이 있었는데 심지어 그놈은 훨훨 날아서 나무 너머로 사라져 버렸어. 나는 멍하니 서서 수탉이 날아가는 것만 쳐다봤지. 내가 할 일은 딱 한 가지뿐이었어. 있는 힘껏 달리는 것. 고모가 보기 전에 집에서 도망쳐야 했거든."

헐, 소리에 공 여사는 말을 멈추고 살짝 미소를 지었다.

"집을 나온 아이들은 숲으로 도망가는 법이지. 백설공주도 그랬고, 톰 소여도, 헨젤과 그레텔도."

"헨젤과 그레텔은 아빠가 버리지 않았나요?"

"그게 뭐 다르냐. 쫓겨난 거나 버린 거나 매한가지야. 아이들은 누구나 자기만의 숲을 찾기 마련이지."

텐트 지붕에 뭔가 어른거리는 것 같아서 하니는 좀 더 공 여사 옆으로 붙어 누웠다.

"내 경우엔 진짜 숲이었어. 정신없이 달리다 보니 어느새 마을을 빠져나와 벌판을 지나고 있었어. 힘이 빠져서 터덜터덜 걸었어. 달릴 때는 몰랐는데 걷다 보니 추웠지. 닭 모이 주다 내뺐으니 겉옷도 없이 나왔거든. 고모네 집으로 돌아가야 한다는 생각에 자꾸만 뒤를 돌아다봤지만 혼날 걱정에 그냥 앞으로 걸어갔어. 그런데 저 멀리 수탉이 보였어. 일단 따라갔지. 쪼일까 봐 무서워서 멀찍이서 따라갔어. 그런데 어찌나 빠르던지. 주위를 살필 틈도 없이 정신없이 쫓아갔지.

문득 둘러보니 숲 속이었어. 사방이 빽빽한 나무로 뒤덮여 있어서 어두컴컴했어. 그런데 참 이상하지. 볕도 잘 들지 않는데 공기는 따듯했어. 싱싱한 초록 잎이 가득했고 바닥에는 풀이 무성했고 꽃이 가득 피어 있었어. 마치 이 숲처럼 말이야. 숲 안쪽으로 들어갈수록 점점 따뜻해져서 목도리를 풀고 잠시 뒤에는 스웨터를 벗어 손에 들었어. 그리고 깨달았어. 수탉이 더 이상 보이지 않는다는 것을. 그리고 너무 숲 깊숙이 들어왔다는 것도 알았지. 더럭 겁이 났어. 정신없이 되돌아가기 시작했지. 하지만 그곳은 길이라는 게 애초에 없었어. 잃을 길조차 없었던 거야. 그다음은 짐작할 수 있겠지?"

"네에……. 집이요……."

"그래. 집을 발견했어. 하얀 성냥갑 위에 삼각 지붕을 올린 것 같은 작은 집이었지. 창문으로 들여다보니 사람은 안 보였어. 너무 깨끗하게 정리돼 있어서 아무도 안 사는 것 같기도 했지만 문을 당겨 보니 쓱 열리더구나. 그래서 들어갔지. 집 안에 들어가자마자 냄새가 훅 풍겼어. 향기롭고 달콤한 냄새가. 집 안 사방이 딸기 천지였어. 큼직한 바구니마다 크고 잘 익은 딸기가 넘쳤지. 어찌나 향이 진한지 내가 딸기 속으로 들어가는 기분이었어.

그렇게 좋은 딸기는 처음이었어. 우리 집은 과일 가게를 해서 과일을 끊이지 않고 먹긴 했지만 늘 흠집 나고 썩기 시작한 것만 먹었거든. 사과는 으레 멍들었고 포도는 시큼하고 딸기는 물렁물렁하고 쉰내가 나는 줄로만 알았지. 기름을 바른 듯 윤기 나고 빨갛게 잘 익은 싱싱한 딸기는 처음이라 진짜 딸기 같아 뵈지 않더라. 그런데 냄새가 말이야, 달콤한 냄새 때문에 미칠 것 같았어. 딱 하나만 먹자고 손을 내밀었는데 어느새 한 바구니를 다 먹어 치워 버렸어. 입안 가득 꿀처럼 흐르던 달콤한 즙이란. 어찌나 맛있는지 멈출 수가 없었어. 또 다른 바구니에 달려들었지. 그러느라 까맣게 몰랐어. 누군가 들어와 나를 지켜보고 있는 걸……. 그런데 하니야…… 자니?"

부드러운 숨소리가 들려왔다. 하니는 달콤한 꿈을 꾸고 있었다. 그렇게 달콤한 이야기를 들려주는 사람은 이제껏 누구도 없었다.

침낭

토요일 아침, 하니의 아빠는 이 층으로 올라갔다. 이 층에는 방이 두 개인데 하나는 등산복과 등산 장비를 넣어 두는 방이고, 다른 하나는 골프웨어와 골프용품을 넣어 두는 방이었다.

하니의 아빠는 등산 장비를 넣어 둔 방으로 들어가 배낭을 꾸리기 시작했다. 이번에는 1박 2일로 산에 다녀올 예정이었다. 등산복과 등산화, 스틱과 무릎 보호대, 장갑과 모자, 선글라스, 배낭과 텐트, 버너와 코펠, 쌀과 부식, 안대와 귀마개……. 순식간에 착착 장비가 꾸려졌다. 찾고 말고 할 것도 없었다. 봄, 여름, 가을, 겨울, 사계절로 분류된 등산 장비와 용품들이 특별히 짜 맞춘 서랍장에 완벽하게 정리되어 있기 때문이었다.

가만있자. 목디스크 방지용 특수 소재 메모리폼 베개를 가져가는 게 좋겠지? 아, 제일 중요한 걸 빼먹을 뻔했군. 침낭! 산 위는 쌀쌀하니까 여름용보다는 봄용이 낫겠군. 새로 산 봄 침낭은 가볍고 얇지만 보온성과 통기성이 우수한 최고급 제품으로, 거

금을 투자할 만했다. 사서 딱 한 번 쓴 봄 침낭은 깨끗이 세탁해 첫 번째 서랍장, 위에서 두 번째 칸에 보관해 둔 게 확실…… 했다. 확실히 그랬었다. 하지만 그곳은 텅 비어 있었다.

삼각형 작은 방의 문이 벌컥 열렸다. 하니의 아빠가 소리쳤다.

"하아아아니이이야아!"

방이 비어 있는 걸 보고 하니의 아빠는 더욱 화가 났다.

주말에는 반드시 집에 있을 것. 그것이 규칙, 규칙이었다.

하니의 아빠는 하니의 방에 있는 것들을 닥치는 대로 집어 벽에 던지기 시작했다. 이미 많은 것들이 깨지고 부서져서 하니의 방에는 남아 있는 것이 별로 없었다. 하니의 아빠는 허리띠를 풀어 손에 쥔 채 하니를 기다리기 시작했다.

꿈

공 여사는 한밤중에 잠을 깼다. 늘 개가 밥 달라고 짖는 시간이었다.

하니와 이야기하느라 평소 잠드는 여덟 시를 훨씬 넘겨 잠자리에 들었으나 습관대로 눈을 뜬 것이었다. 온몸이 노곤했다. 쿠키 반죽도, 잼을 만들 필요도 없다. 그랜마스 쿠키앤잼은 당분간 주문을 받지 않는다는 글을 홈페이지에 올려 두었다. 공 여사는 다시 잠을 청했지만 눈은 점점 더 말똥말똥해졌다. 그때 하니가 옆에서 조용히 몸을 일으켰다.

하니가 텐트 안을 맴돌며 더듬거렸다. 화장실에 가고 싶은가. 공 여사는 머리맡에 둔 헤드랜턴을 켰다. 텐트 안이 환해졌지만 하니는 여전히 더듬거리기만 했다. 하니야, 하고 공 여사는 작은 소리로 불러 보았다. 하니는 대답 대신 공 여사를 멀거니 바라보기만 했다. 공 여사는 텐트 문의 지퍼를 올렸다. 하니가 기다렸다는 듯이 밖으로 나갔다. 공 여사는 하니를 따라 나갔다. 하니는 그대로 걷기 시작했다. 공 여사는 신발을 신고 하니의 신발을 든 채 뒤를 따라갔다.

숲은 푸르스름한 어둠에 싸여 있었다. 고개를 들자 높이 솟은 나무들이 에워싼 하늘이 다락방 지붕에 난 창문처럼 동그마니 보였다. 별이 많았다.

반죽을 하다가 창문 밖을 내려다보면 이웃집 정원을 서성이는 그림자가 종종 보였다. 잠옷을 입은 채 이웃집 아이가 제 집 정원을 혼자 맴돌고 있었다. 아이는 뭔가 찾는 것처럼 보였다. 이웃집 아이가 꿈속에서 찾고 있는 것이 무언지 공 여사는 궁금했다. 그것이 무언지 몰라도 정원에서 찾을 수 있는 것이 아니라는 건 알 수 있었다. 정원을 헤매던 아이는 동이 틀 무렵 집으로 다시 들어갔다. 아이가 배가 많이 고프리라고, 공 여사는 생각했다. 오븐에서 풍겨 오는 쿠키 냄새를 맡으며 공 여사는 아이가 떠나간 정원을 한참 동안 내려다보았다. 정원은 부연 잠에 빠져 있었다.

안개를 두른 채 하얀 백리향과 푸른 산수국이 꽃잎을 접고 잠든 숲을 하니는 걸어갔다. 그 뒤를 공 여사가 조용히 따라 걸었다. 달빛을 감싸고 가벼이 펼쳐진 구름이 물고기의 은빛 비늘처럼 보였다. 이런 밤을 공 여사는 오래전에 걸은 적이 있었다.

밤이 이슥하도록 부모님은 돌아오지 않았다. 오빠와 언니는 어디 갔는지 집에 없고 막냇동생이 자다가 깨서 울기 시작했다. 우는 동생을 업고 시장으로 엄마를 찾으러 갔다. 과일 가게 문은 닫혀 있고 부모님은 보이지 않았다. 모든 상점이 문을 닫은 시장 골목은 검은 물속에 잠겨 있는 듯했다. 그런데 어디선가 수런거리는 소리가 들려왔다. 소리를 따라 시장 골목을 걸어가자 소리는 점점 더 커지다 왁자지껄해졌다. 그리고 갑자기 눈앞이 환해졌다.

전에 한 번도 보지 못한 커다란 광장이 생겨나 있었다. 대낮처럼 환한 광장에 울긋불긋한 천막이 가득했다. 불을 밝힌 천막 아래로 음식이 산더미처럼 쌓여 있어 맛있는 냄새가 진동했다. 그런 천막이 끝도 없이 이어졌다. 치지직 소리를 내며 고기와 생선이 불 위에 구워지고, 자글자글한 기름 속에서 새우와 채소가 끊임없이 튀겨지고, 싱싱한 굴과 조개껍데기가 탑처럼 쌓여 있고, 큼직한 수박이 쫙 쪼개지며 붉은 즙을 뚝뚝 흘리고, 향기로운 술이 끓고, 오렌지가 황금색 액체로 변하고 있었다.

광장 가운데에서는 연주자들이 흥겨운 음악을 연주하고 있었다. 입안에 고기나 튀김을 가득 넣은 채 흘러넘치는 술잔을 든 사람들이 음악에 맞춰 춤을 췄다. 창백한 남자들의 팔에 힘줄이 솟아오르고 땀에 젖은 몸은 휘황한 조명을 받아 번들거리고 여자들의 치맛자락은 풍선처럼 부풀었다. 오직 어른들뿐이었다. 아이들은 아무도 없었다.

엄마. 춤추는 어른들 속에 엄마가 있었다. 엄마는 풍성하게 주름 잡힌 붉은색 드레스를 입고 있었다. 처음 보는 옷이었다. 평소와 달리 화려하게 차려입어 엄마인 것도 같고 아닌 것도 같았다. 붉은 드레스를 향해 사람들을 헤치며 광장을 가로질렀다. 기다란 붉은 드레스 자락이 광장을 막 빠져나가고 있었다. 정신없이 따라갔다. 모퉁이를 돌아 좁은 골목길로 접어들자 붉은 드레스는 온데간데없이 사라지고 말았다. 대신 좁은 골목길 안쪽에서 야릇한 향내가 풍겨왔다.

골목 안은 자욱한 연기에 싸이고 흐릿한 불빛 아래 빛바랜 차양을 내건 가게들이 줄지어 있었다. 문드러지기 시작한 과일 향과 아기의 파우더 냄새와 갓 칠한 페인트, 휘발유, 송진, 털코트와 나프탈렌, 말린 감초와 서리 맞은 국화꽃 냄새, 비릿한 무당벌레 냄새와 부서지기 쉬운 나비의 날개 냄새, 오래된 책과 나무 향, 먼지와 곰팡이 냄새가 한데 뒤섞인 것 같은, 야릇하고 이상한 냄새가 풍겼다. 수만 년 동안 봉해졌다 우연히 열린 궤에서 일제히 쏟아져 나온 듯한 냄새였다.

좌판에는 냄새보다 더 요상한 물건들이 펼쳐져 있었다. 마술 상자와 만화경, 말린 벌레와 도마뱀, 살아 있는 이구아나와 잠들어 있는 박쥐, 전갈의 혓바닥과 뱀의 꼬리, 하얀 여우의 꼬리털과 수염, 천체망원경과 사라진 나라들의 지도, 읽을 수 없는 책과 보이지 않는 그림이 그려진 화첩, 녹슨 열쇠와 멈춰선 시계, 해지고 닳은 헝겊 인형과 금이 간 도기 인형……. 시장 안쪽 골목에 숨어 있는 수상한 가게에 간 아이라면 누구라도 그러하듯이, 거꾸로 들면 하얀 눈이 날리는 유리 볼을 사고 대신 등에 업고 있던 동생을 상인에게 주고 집으로 돌아왔다.

멀리 푸르스름한 안개가 몰려오는 곳으로 하니와 공 여사는 조용히 걸어갔다. 짙푸른 차양 같은 가지가 그늘을 드리우고 꽃과 나무와 풀과 이슬과 도마뱀, 썩은 둥치와 젖은 나뭇잎, 새와 새의 알, 곤충과 사향노루와 다람쥐와 청설모, 노란 꿀이 흘러내리는 벌집과 그 안에 잠든 여왕벌과 애벌레들, 이 모든 것들의 냄새가 한데 섞인 깊은 숲 속으로.

동이 틀 무렵 하니와 공 여사는 텐트로 돌아왔다. 하니는 침낭 위에 쓰러지듯 누워 그대로 잠이 들었다. 공 여사는 하니의 발을 손수건으로 닦아 주었다.

휴대폰

다음 날 아침, 하니와 공 여사는 숲을 빠져나왔다. 생각보다 마을은 멀리 떨어져 있지 않았다. 간밤에 들었던 개 짖는 소리는 마을에서 들려온 모양이었다.

점심 무렵에는 휴게소에 도착해 세수를 하고 밥을 사 먹었다. 차에 기름을 넣은 뒤 휴게소 안에 있는 편의점에서 하니는 과자를 몇 개 골랐고 공 여사는 우유와 식빵을 샀다. 오늘 밤에는 따뜻한 물이 나오고 깨끗한 이불이 있는 숙소에 묵을 터였지만 혹시나 해서 라이터 하나와 신문도 한 부 샀다. 뉴스 같은 건 관심 없지만 불을 피우는 데는 소용이 있을 것 같았다. 최소한 생라면은 먹지 않아도 되겠다고 하니는 생각했다.

공 여사는 관광 안내소에서 지도를 한 장 얻었다. 지도로 확인해 보니 떠난 곳에서 남쪽으로 내려와 있었다. 별로 많이 온 건 아니었다. 하지만 어쨌든 어디론가 가고 있긴 했다.

"내비게이션은 사용 안 하세요?"

"이 차엔 없어."

"휴대폰으로도 이용할 수 있어요."

"글쎄, 난 내비게이션 쓸 줄도 모르지만 있다고 해도 우리에게 쓸모가 있을까?"

공 여사의 말이 맞았다. 아무 데나, 로 가고 있는데 내비게이션이 무슨 도움이 된단 말인가.

"저기…… 휴대폰은 있으시죠?"

"응, 그런데 집에 두고 왔나 봐."

"아, 어떡해요."

"어떡하긴. 이거 사라, 저거 사라, 뭘 바꿔라, 하는 전화뿐이었는데. 벨 소리 안 나니 조용하고 좋은데, 뭘."

공 여사는 화장실에 다녀오겠다며 화분을 들고 차에서 내렸다.

"이상하지 않냐, 저 아줌마?"

코코가 멀어지는 공 여사를 차창 밖으로 내다보며 말했다.

"뭐, 꽃이랑 나무를 유별나게 좋아하시는 것 같긴 해."

하니가 대답했다.

"아니, 그거 말고. 저 아줌마 작정하고 나온 것 같지 않냐?"

"무슨 작정?"

"죽을 작정."

"설마."

"그렇잖아. 목적지도 명확치 않고, 휴대폰도 두고 왔다 그러고. 무엇보다 저 표정이 제일 수상해. 뭔가 꿍꿍이가 있는 표정이야. 내가 말했잖아. 저 아줌마 너희 엄마랑 닮은 구석이 있다고. 이 세상에 발붙이고 있는 표정이 아니야. 고양이랑 말할 때부터 알아봤다니까."

"죽을 사람이 화분을 들고 왔겠냐?"

"죽는 마당에 제정신이겠냐?"

"그런 소리 마."

"너도 죽을 생각이 아니라면 빨리 이 차에서 내려."

"무슨 소리야?"

"이 차에 타고 있다가는 죽게 생겼어."

"어제보단 많이 나아진 것 같은데. 이젠 우회전할 때 깜빡이도 켜셔."

"장난해? 나 비닐봉지나 하나 얻어다 줘. 멀미 나 죽을 것 같아."

"이 차에서 내리면 그다음엔 어떻게 해?"

"내가 어떻게 알아? 집 나온 건 넌데."

그때 공 여사가 돌아왔다.

“소용돌이무늬 장미가 핀다고 했는데, 영 비실비실하구나. 소용돌이무늬 있는 장미 본 적 있니?”

공 여사가 화분을 하니에게 보여 주고 나서 조수석 바닥에 조심스레 놓았다.

“없는 것 같은데요.”

“궁금해. 얼마나 근사한 장미가 피는지.”

하니는 코코를 힐긋 쳐다봤다. 코코가 손을 목에 대고 목을 따는 시늉을 해 보였다. 하니는 고개를 창 쪽으로 돌렸다.

공 여사가 시동을 걸고 차를 출발시켰다. 비실이가 바르르 떨며 잎에 맺힌 물방울을 떨어뜨렸다.

하니는 휴대폰을 꺼내서 켜 봤다. 집을 나온 뒤 처음 켜 보는 거였다. 인터넷 쇼핑몰과 주문 배달 사이트에서 온 문자가 일곱 개. 그것뿐이었다. 하니는 전원을 끄고 휴대폰을 주머니에 넣었다. 공 여사는 백미러를 힐끗 봤다. 창밖으로 고개를 돌리고 있는 하니의 모습이 백미러에 비쳤다. 하니의 옆자리에는 코코 몫으로 산 김밥이 비닐봉지에 담겨 놓여 있었다.

문자 메세지

하니 엄마에게서 여전히 답이 없었다. 담임은 슬슬 짜증이 나기 시작했다.

뫼비우스의 띠

하니와 공 여사는 또 길을 잃었다. 삽시간에 어둠이 길 위로 내려앉았다. 하니가 일러 줘서 전조등을 켰지만 길을 찾는 데는 별 소용 없었다. 엉금엉금 기다란 불빛을 따라 기어갈 뿐이었다. 전조등 불빛과 경계를 이룬 어둠이 더욱 진해 보였다. 아무 소리도, 아무 움직임도 없다. 우주인의 비행접시로 빨려 들어가는 기분이었다. 이대로 코코의 고향으로 가는 건가. 하니는 생각했다.

코코는 다른 행성에서 태어났다. 코코의 말에 의하면 그렇다. 크립톤 행성 출신인 슈퍼맨과 비슷한 경로로 지구에 오게 되었다. 그래서 코코는 우스꽝스러운 팬티나 망토에는 질색하면서도 슈퍼맨에 연민을 품고 있었다. 어쨌든 이웃인 셈이니까.

코코는 자신의 고향은 오염되지 않은 순수한 별이라고 했다. 별에는 없는 것이 많았다. 돈과 가난, 재벌과 정치가, 폭력과 전쟁, 편견과 차별, 거짓과 속임수……. 중력도 없어서 몸무게 따위는 의미가 없으며 별의 주민들에게는 고래처럼 아가미와 허파가 함께 존재해 바다와 육지, 하늘을 가리지 않고 살 수 있다. 코코는 그 증거로 목에 있는 아가미를 보여 줬는데 하니의 눈에는 희미한 흉터로 보였다. 그런 거라면 하니에게도 있었다. 유치원 다닐 때 어떤 남자애가 할퀸 자국이었다. 남자애가 할퀸 이유는 기억나지 않는다. 하니는 이유도 없이 구르고 맞고 놀림 당했다.

코코는 언젠가 진짜 부모가 찾아올 거라고 말하곤 했다. 진짜 부모님이 코코에게 건넬 첫 마디는 물론 이것이다.

I'm your mother.

창밖으로 겅중거리며 걷고 있는 우주인을 본 순간, 하니는 머리를 강타당했다. 눈앞에서 별이 번쩍했다. 차가 급정거했다.

공 여사는 자동차 밖으로 나가 주위를 살펴봤다. 울창한 나무가 짙은 그림자를 드리우고 있었다. 전조등 외에 불빛은 어디에도 보이지 않았다. 또 숲이었다.

"오늘 밤 묵을 곳을 찾아낸 것 같네요."

공 여사를 따라 내린 하니가 이마를 문지르며 말했다.

"나도 방금 그 생각을 했어."

하니와 공 여사는 간밤의 경험을 살려 순식간에 텐트를 세우고 침낭을 폈다.

두 사람은 숲을 둘러볼 겸 불 피울 나뭇가지를 주우러 나섰다. 숲은 침엽수와 활엽수, 난대림이 뒤섞여 울창했다. 나뭇가지에는 넝쿨이 축축 늘어져 있고 우거진 덤불 아래 고사리와 고비가 가득 자라나 있었다. 숲 안쪽은 칠흑같이 어두웠다. 하니가 헤드랜턴으로 비추는 노란 불빛에 숲은 잠시 수런거리다 다시 침묵했다. 바닥은 젖은 나뭇잎과 이끼로 뒤덮여 카펫처럼 부드러웠다.

하니는 의심스러웠다. 걸을수록 의심은 점점 더 확신으로 굳어졌다.

"혹시 여긴…… 어제 그 숲 아니에요?"

공 여사는 숨을 들이쉬며 숲의 가려진 길 위에 피어난 제비꽃과 청포꽃 냄새를 맡았다.

"여우한테 홀린 것 같다는 말 들어 본 적 있니?"

"딱 한 개만 먹은 것 같은데 정신 차리고 보니 과자 봉지가 텅 비어 있을 때 같은 경우를 말하는 거죠?"

공 여사가 미소를 지으며 하니의 어깨에 가만히 손을 올렸다가 내렸다.

"하루는 고모네 집에서 나와 숲으로 가다가 길에서 예쁜 알

하나를 주웠어. 어른 주먹만 하고 은빛으로 반짝반짝 빛나는 둥근 공 모양이었지. 공인가 했지만 아무래도 알 같았어. 만져 보니 따스하고 아주 부드러웠거든. 주워서 주머니 속에 넣고 숲 속 집으로 갔지. 주머니에 알을 넣어 둔 건 까맣게 잊고 할머니가 잼 만드는 걸 구경하고 있는데 이상한 느낌이 드는 거야. 목덜미가 서늘하고 등에 뭔가 기어 다니는 것처럼 근질거리는 기분이었어. 뒤돌아보니 창밖으로 뾰족한 두 귀가 보이더구나. 창가로 가서 내다봤더니 꼬리가 북실북실한 개가 창턱에 앞발을 걸치고 뒷발로 서서 집 안을 들여다보고 있었어.

여우다. 할머니가 말했어. 얼굴이 뾰족하니 예쁘게 생긴 개다 싶었는데 그게 여우였나 봐. 할머니가 또 그랬어. 여우가 새끼를 찾으러 왔다고 돌려주라고. 무슨 소리인가 하다가 주머니 속에 든 알을 꺼냈지. 알은 주웠을 때와 마찬가지로 은빛으로 빛나고 따스했어. 그런데 갑자기 내 손바닥에서 알이 꿈틀거리더니 작은 털 뭉치로 변하더라. 털 뭉치는 그대로 내 손에서 뛰어내려 집 밖으로 떼구루루 굴러 나갔어. 그게 새끼 여우라는 건 사라지고 나서야 깨달았지."

"진짜로 여우에게 홀린 거네요?"

"홀리긴. 여우는 원래 장난을 좋아해. 숲에서 고모 집으로 돌아가는 밤이면 늘 은빛 불빛이 내 옆으로 획하니 지나가곤 했어. 내가 깜짝 놀라면 수풀 뒤에서 웃는 소리가 나직이 났어."

"여우가 웃어요?"

"맑은 날 나뭇가지를 사르륵, 사르륵 흔드는 바람 소리 같더라."

"무섭지 않았어요?"

"무서울 것 같니?"

"눈앞에 진짜 여우가 나타나면 엄청 놀라긴 할 것 같아요. 근데 무서울 것 같진 않아요."

"안 무서워?"

"네, 동물들은 재미로 공격하거나 해치지는 않거든요."

"세상에. 넌 정말 모르는 게 없구나."

"다큐멘터리에서 봤어요. 그런데 잘 모르겠어요."

"뭘?"

"다큐멘터리는 어차피 사람이 찍은 거잖아요. 사람의 눈으로 보고 생각한 게 다잖아요. 그러니까 그게 진짜는 아닐 것 같은 생각이 들어요. 조작은 아니지만 진실도 아닐 거라고 생각해요. 그저 그림자 같은 거죠. 제 말 이상해요?"

"아니, 안 이상해."

"그런 게 무서워요. 보고 싶은 대로만 보는 것."

"무섭지. 그런 것 무섭지."

"혹시 공복 상태에 대해선 어떻게 생각하세요?"

"무섭지. 꽤 무섭지."

공 여사와 하니가 마주 보며 웃었다. 두 사람은 텐트 쪽으로 발걸음을 돌렸다.

숲에 두 사람이 내는 발소리만 조용히 울렸다. 파도처럼 겹겹이 쌓인 나무가 내주는 길을 두 사람은 한참을 걸었다.

"무슨 생각하세요?"

"텐트가 보일 때가 됐는데 안 보이는구나 하는 생각."

"아, 뭐 그런 무서운 생각을."

공 여사가 미소 짓는 걸 하니는 느낄 수 있었다. 하니도 어둠 속에서 조금 웃었다.

"제일 무서운 건 뭘까 생각해 봤어."

"뭐예요?"

"글쎄, 무서운 것을 생각해 내면 그보다 더 무서운 것이 있는 것 같고, 그보다 더 무서운 것에 비하면 무서운 건 무섭지 않은 것도 같고. 그런데 무섭지 않은 건 아니고. 그래서 잘 모르겠다. 하니, 넌 뭐가 제일 무섭니?"

"저요? 저는……."

하니가 고개를 젖혔다. 키 큰 나무 사이로 검푸른 하늘이 보였다. 우윳빛 구름이 물에 젖은 깃털처럼 고단하게 깔려 있었다.

"저는…… 내가 아무것도 할 수 없다는 게 무서워요."

공 여사는 하니의 손을 잡고 꼭 쥐었다.

사냥

공 여사의 남편은 자연을 좋아했다. 차 뒤 트렁크에 텐트를 싣고 산과 숲 속을 쏘다녔다. 공 여사의 남편이 좋아한 건 살아서 펄떡거리는 것이었다. 그보다 더 좋아하는 건 살아 있는 것들의 숨통을 끊는 순간이었다. 겁에 질린 눈망울로 달아나는 고라니를, 미처 엄마 뒤를 쫓아가지 못한 새끼 멧돼지를, 숨이 끊어진 어미 주변을 서성이는 아기 사슴을, 새끼를 지키려 굴을 떠나지 못하는 토끼를, 풀숲 사이에 숨어 있다 하늘로 달아나는 꿩을, 먹을 것이 없어 겨울 숲을 여윈 걸음으로 비틀거리는 노루를 쏴 죽였다. 때론 사격 실력을 뽐내려 다람쥐와 청설모를 쏘기도 했다. 한 줌밖에 안 되는 몸이 산산조각이 되어 빨간 살점이 사방으로 흩어졌다.

죽인 것들은 피와 고기를 먹기도 했지만 대부분은 들과 숲에 쓰레기처럼 버렸고 간혹 박제로 만들어 전리품처럼 집에 가져오곤 했다. 뿔이 달린 사슴 대가리와 이빨이 날카로운 멧돼지,

꼬리 깃털이 탐스러운 꿩……. 죽어도 죽지 못한 가련한 것들이 집 안 곳곳에 가득했다. 밤이면 슬피 우는 소리가 들려 공 여사는 가슴이 두근거렸다. 벽 위로 서성이던 그림자가 벽지 속으로 사라지면 비릿한 냄새가 사방에서 풍겨 왔다.

볕과 함께 바람도 거의 들지 않는 집 안에 비릿한 냄새는 벽지 뒤에서 피어나는 곰팡이처럼 스멀스멀 퍼져 나가 굳게 흡착되었다. 옷과 이불과 식탁보와 커튼에까지 밴 냄새는 향긋한 세제를 풀어 아무리 문질러도 지워지지 않았다. 히아신스와 장미, 치자와 라일락. 공 여사는 향이 진한 꽃을 집 안 가득 길렀지만 꽃들은 시들시들하기만 했다. 공 여사의 남편이 집 안에 들어오면 식물들은 일제히 파랗게 질려 파들파들 떨다가 죽어 가곤 했다. 공 여사는 떨어진 꽃잎을 모아 가만히 쓸어 보았다. 희미하게 향이 남아 있는 꽃잎은 마치 공 여사가 주워 왔던 새끼 고양이처럼 부드럽고 연약했다.

밤마다 아기 우는 소리가 나기를 사흘째 되던 날 공 여사는 집 아래 주차장 구석에서 새끼 고양이를 발견했다. 어린 것은 공 여사를 보고 달아났지만 멀리 가지는 않았다. 새끼 고양이가 있던 자리에는 이미 부패하기 시작한 고양이의 사체가 있었다. 공 여사는 집에서 담요를 가져다 죽은 고양이를 감싸 안고 공

원을 지나 철거 지역으로 갔다. 새끼 고양이가 울며 뒤따라왔다. 공 여사는 새끼 고양이에게 마지막 인사를 하게 한 뒤 죽은 어미 고양이를 묻어 주었다. 우는 새끼 고양이를 안고 공 여사는 집으로 돌아왔다. 새끼 고양이는 집 안의 구석진 곳에 숨어 있다가 밥 먹을 때만 나왔다. 늘 슬피 울다 지쳐 잠들었다. 그러던 어느 날 밤 공 여사의 남편이 돌아오자 새끼 고양이가 울기 시작했다. 남편은 소파 밑에서 고양이를 찾아내더니 바닥에 패대기쳤다.

울음소리가 뚝 그쳤다. 새끼 고양이는 꿈쩍도 하지 않았다. 시끄럽게 안 우니 살 것 같군. 밥이나 차려. 공 여사의 남편이 말했다.

공 여사는 울면서 남편을 향해 달려들었다. 공 여사도 새끼 고양이처럼 바닥에 패대기쳐졌다.

그때 숲에서 돌아오지 않았으면 좋았을걸. 공 여사는 머리가 깨져 피를 흘리며 차갑게 굳어 가는 작은 고양이를 품에 안고 눈물을 흘렸다. 사박사박, 숲을 향해 걸어가는 아이의 발소리가 또렷하게 들려왔다.

숲

"먼 곳에서 온 아이구나."

여자가 말했다. 입가에 딸기 즙이 잔뜩 묻은 채로 아이는 여자를 올려다보았다.

여자의 머리는 눈처럼 하얬지만 양초처럼 투명한 얼굴에는 주름 하나 없었다. 입술은 핏기 없는 얼굴과 달리 붉었다. 여자는 아이가 딸기를 두 바구니나 비운 걸 보고도 별말 없이 남은 딸기를 냄비에 담아 불 위에 올렸다.

여자가 주걱으로 냄비 속을 젓기 시작했다. 한참이 지나자 냄비에서 보글거리는 소리가 났다. 진하고 달콤한 냄새가 물씬 풍겼다. 구수한 냄새도 풍겨 왔다. 여자는 잘 구워진 빵을 오븐에서 꺼냈다. 김이 솟아오르는 빵에 진하고 붉은 잼을 천천히 바르는 여자를 아이는 조용히 지켜봤다. 여자가 내민 빵을 아이는 허겁지겁 먹어 치웠다. 여자는 아이에게 우유를 따라 주었다.

천천히 먹어. 충분히 있단다. 여자의 눈빛은 그렇게 말하고 있었다. 형제가 많은 아이는 맛있는 것을 천천히 먹어 본 적이 없었다. 아이는 여자의 말대로 느긋이 맛을 느껴 보려 했다. 하지만 소용없었다. 부드러운 빵과 달콤한 잼은 입안에 들어가자마자 녹아 버렸다. 아이가 배불리 먹고 나자 여자는 아이의 손을 잡고 어두운 길을 지나 숲 입구까지 데려다주었다.

멀리 마을 불빛이 보였다. 아이는 돌아가고 싶지 않았다. 닭들이 다 도망갔으니 고모에게 혼날 게 분명했다. 하지만 돌아가지 않을 수 없었다. 숲을 향해 돌아본 순간 여자는 사라지고 없었기 때문이다.

다음 날 아이는 또 숲으로 갔다. 역시 길을 잃었지만 이번에는 불안하지 않았다. 숲에 여자의 집이 있다는 걸 알고 있었기 때문이다. 아이는 오랫동안 헤맨 끝에 집에 도착했다. 문을 열고 들어갔더니 안에 여자가 있었다. 여자는 딸기잼을 젓고 있었다.

앉으렴.

여자는 눈으로 아이에게 말했다. 아이는 집 한가운데에 놓인 식탁에 앉았다. 식탁은 매우 널찍하고 각각 다르게 생긴 식탁 의자는 열 개가 넘었다. 그 외에는 집안에 가구라곤 하나도 없었다.

아이는 여자를 지켜보았다. 잼을 어떻게 만드는지 보고 싶었다. 하지만 별다른 건 없었다. 여자는 그저 묵묵히 주걱으로 냄비 속을 저을 뿐이었다. 그래도 아이는 눈을 뗄 수가 없었다. 창문으로 스며든 빛이 냄비에서 노랗게 흘러넘쳤다.

한참이 지나자 냄비 옆에 있던 커다란 솥에서 하얀 김이 솟기 시작했다. 여자는 생선 한 마리를 통째로 솥에 넣고 국자로 휘휘 저었다. 다른 한 손으로는 주걱으로 잼이 눋지 않게 냄비 속을 저었다.

"저……, 좀 도와 드릴까요?"

아이가 물었다. 여자는 솥 안에 초록 잎을 듬뿍 넣은 뒤 뚜껑을 닫고 대답했다.

"아이들이 해야 할 일이란 신나게 노는 것뿐이야."

아이는 부모님이 늘 하는 말을 떠올렸다. 누구든 밥값을 해야 한다고 했다. 그래서 아이는 두려움에 떨면서 닭장으로 들어갔다.

"하지만…… 제게 빵도 주시고, 그리고…… 딸기도 먹었으니까요."

여자는 아이를 힐끗 돌아다봤다.

"그럼, 거기 있는 책을 좀 읽어 주련?"

식탁 위에 책이 한 권 놓여 있었다. 아이는 책장을 넘겨 보았다. 그림 하나 없이 글씨만 빽빽한 책이었다. 아이는 맨 첫 장을 폈다. 하지만 아이는 책을 읽지 않았다. 여자가 아이를 뒤돌아봤다.

"죄송해요. 못 읽어요."

아이는 작은 목소리로 말했다.

달콤한 냄새가 진하게 풍기자 여자는 불을 껐다. 그리고 선반 위에 꽂혀 있는 책 한 권을 뽑아 아이 옆에 앉았다.

여자는 책을 펼쳤다. 처음 책보다 글씨가 크고 문장은 적었다. 게다가 페이지마다 그림도 그려져 있었다. 여자가 책을 읽기 시작했다. 여자의 목소리는 부드럽고 나직했다. 여자는 아주 천천히 읽어 나갔다. 아이는 귓가에서 자장가처럼 울리는 목소리와 여자에게서 나는 달콤한 냄새에 몽롱해졌다.

"이제 읽어 보렴."

아이는 정신을 차리고 여자가 읽었던 내용을 기억해 내며 더듬더듬 읽기 시작했다. 읽을 수 있는 글자보다 못 읽는 글자가 더 많았다. 여자는 아이가 못 읽는 글자를 하나하나 알려 줬다. 그러고 나서 여자는 다시 한 번 책을 처음부터 끝까지 읽어 주었다. 여자가 마지막 문장을 읽고 나자 솥에서 국이 끓어 넘쳤다. 여자는 불을 끄고 솥뚜껑을 열었다. 맛있는 냄새가 훅 풍겼다. 그러자 문틈으로 고양이들이 줄줄이 들어와 식탁에 앉았다.

아이는 십여 마리 고양이 틈에 끼어 국을 먹었다. 고양이들이 혀로 부지런히 핥고 있는 것과 똑같은 국이었다. 맛있어서 아이는 금세 한 그릇을 비웠다. 여자는 아이의 그릇에 국을 또 한가득 채워 주었다. 갓 만든 잼을 바른 빵까지 배불리 먹고 나자 아이는 견딜 수 없이 졸음이 밀려왔다. 창밖은 어둑해져 있었다.

숲에서 길을 잃은 아이가…… 작은 오두막집을 발견하고 집 안으로 들어가…… 식탁에 차려진 수프를 먹고…… 잠이 들어서……. 아이는 여자가 읽어 준 책의 내용을 기억해 내려 애쓰다 잠들고 말았다.

아이가 잠을 깨니 아침이었다. 식탁 위에는 잼을 바른 빵과 우유가 한 잔 차려져 있었다. 여자도 고양이들도 보이지 않았다.

아이는 빵을 먹고 숲을 빠져나왔다. 멀리 마을이 보이자 아이의 발걸음이 점점 더 무거워졌다. 돌아가면 고모에게 엄청 혼날 게 분명했다. 아이는 차라리 여자가 읽어 준 그림책 속의 주인공처럼 되고 싶었다. 책 속의 아이는 수프를 먹고 잠이 들었다 깨어 보니 고양이가 되어 있었다. 고양이가 된 아이는 집 주인인 할머니의 하인이 되어 수프를 만들고 집안 청소를 하며 산다. 그 집에는 그런 고양이가 열 마리도 넘었다. 책에 그려진 고양이들은 모두 웃으며 즐겁게 노래를 불렀다. 차라리 고양이가 되었으면. 그런 생각을 하며 아이는 집에 도착했다.

고모는 아이를 보자 말했다. 점심 먹어라.

고모 집에는 아이 말고도 보살펴야 할 게 많았다. 닭이 서른 마리가 넘었고 돼지가 두 마리, 염소가 한 마리, 개가 세 마리 있었다. 고모는 아이가 간밤에 돌아오지 않은 것도 몰랐다. 학교에 안 간 것도 알지 못했다. 아이는 점심을 먹고 닭 모이를 준 뒤에 다시 숲으로 갔다.

숲의 집에 들어서면 달콤한 냄새가 아이를 반겼다. 노란 과육처럼 햇살과 달콤한 향이 넘쳐나는 집 안으로 아이는 뛰어 들어갔다. 불 위에선 늘 잼이 보글보글 끓고 있었다. 딸기잼 다음은 새빨간 앵두와 체리, 그리고 붉다 못해 검은빛을 띠는 자두와 살구, 블루베리였다. 그러고 나면 포도와 복숭아잼 냄새가 풍겨나기 시작했다. 어디서 나는지 항상 집 안엔 과실이 넘쳤다. 어느 것이나 크고 싱싱했다. 아이의 부모는 과일 가게를 했지만 그렇게 맛있고 신선한 과일은 먹어 본 적이 없었다. 연두색 껍질 안에 부드러운 살을 숨기고 있는 무화과와 윤기 나는 붉은 사과, 황금빛 즙이 뚝뚝 흐르는 배, 다음은 가을 햇살이 가득 들어차 단단히 여문 밤과 호두가 잼으로 만들어졌다.

여자가 잼을 만드는 동안 아이는 소리 내어 책을 읽었다. 고양이들이 아이를 둘러싸고 조용히 아이의 목소리에 귀 기울였다. 한 권, 한 권, 아이는 집 안에 있는 책을 읽어 나갔다. 어떤 책은 다 읽는 데 사흘이 걸리기도 했고 어떤 책은 한 달이 넘게 걸리기도 했다. 어떤 책은 재미있었고 어떤 책은 지루하기도 했다. 마지막으로 읽었던 굉장히 두꺼운 책은 무슨 말인지 거의 이해하지 못했다.

아이는 책을 읽다 물었다.

"마들렌이 뭐예요?"

"조개 모양으로 구운 과자란다."

잼을 저으며 여자가 대답했다.

"먹어 본 적 있으세요?"

"응."

"어떤 맛이에요?"

"봄 햇살 아래서 낮잠 자 본 적 있니?"

"네."

"어땠어?"

"따뜻하고…… 노랗고…… 간질간질하고…… 깨고 싶지 않았어요."

"응, 바로 그런 맛이란다."

봄 햇살 아래 낮잠 같은 맛. 아이는 궁금해서 안달이 났다.

"혹시 과자도 구울 줄 아세요?"

아이는 여자가 매일 빵을 구워 내는 오븐을 슬쩍 보며 물었다.

"응. 하지만 안 구워."

"왜요?"

"먹을 사람이 없거든."

아이는 조금 서운했다.

"아줌마는…… 음…… 아이 없어요?"

"예전엔 있었지."

"그럼…… 혹시 아이가 필요하지 않으세요? 음…… 아이가 있으면 그 애가…… 심부름도 하고 책도 읽어 줄 텐데요."

"난 아이를 키우기엔 너무 나이가 많아. 할머니가 된 지 오래야."

"할머니처럼 보이진 않는데요."

아이는 여자의 눈처럼 하얀 머리를 바라보며 말했다.

"난 아주 오래 살았단다. 아주아주 오래."

아이는 햇살이 어린 여자의 매끄러운 얼굴을 물끄러미 바라봤다. 아이의 눈앞이 점점 흐릿해졌다. 달콤하면서 새콤한 냄새가 폭포수처럼 흘러넘쳤다. 오븐에서는 구수한 냄새가 풍겨왔다. 아이는 눈가를 쓱 닦았다.

아이는 여자와 식탁에 나란히 앉아 갓 만든 잼을 바른 빵을 함께 먹었다. 노랗고 상큼한 귤 잼이었다. 그것이 아이가 숲 속의 집에서 맛본 마지막 잼이었다. 그날 여자는 아이의 손을 잡고 숲 어귀까지 데려다주었다.

사락사락, 눈발이 날렸다. 숲의 끝에 도착하자 쌓인 눈이 발밑에서 뽀드득뽀드득 소리를 냈다. 아이가 혼자 마을로 걷다 뒤돌아보자 나무 사이로 뻗은 하얀 길 위에는 아무도 없었다. 발자국마저 흰 눈에 가려 사라져 버리고, 멀리서 은빛 여우가 달리는 소리가 희미하게 들렸다.

아이는 숲을 떠나 집으로 돌아갔다. 그리고 다시는 그 숲에 가지 못했다.

냄새

이른 아침, 공 여사의 집에 초인종 소리가 요란하게 울렸다. 끈질기게 초인종 소리는 이어졌다. 문 두드리는 소리가 나기 시작했다.

"엄마아아아! 누구 왔나 봐아아!"

공 여사의 아들이 침대에 누운 채 소리쳤다. 하지만 소란은 그치지 않았다. 할 수 없이 공 여사의 아들은 일어나서 현관문을 열었다. 문 밖에 경찰관이 서 있었다.

"안녕하십……. 이게 무슨 냄샙니까?"

경찰관이 인상을 쓰고 코를 쥐었다.

"무슨…… 냄새요?"

공 여사의 아들이 어리둥절한 표정으로 물었다.

"냄새 안 나십니까?"

공 여사의 아들이 코를 킁킁거리다 말했다.

"제가 비염이 심해서요."

"민원이 들어왔습니다."

"민원이요?"

"댁에서 악취가 난다구요. 잠시 안을 좀 살펴보겠습니다."

경찰관은 집 안에 들어서자마자 특유의 본능으로 한 치의 망설임 없이 안방 문을 열었다.

"저게 뭡니까?"

경찰관이 일그러진 얼굴로 물었다.

"아버지인 것 같은데요."

공 여사의 아들이 멀뚱한 표정으로 대답했다.

"아버님 맞습니까?"

"그럴걸요."

침대 위에는 공 여사의 남편이 늘 그랬던 것처럼 천장을 보고 똑바로 누워 있었다. 알아볼 수 없을 정도로 시체는 부패해 있었다.

가정방문

그날 늦은 오후, 하니의 집 초인종이 울렸다. 안이 들여다보이지 않는 튼튼하고 높은 철문 밖에서 하니의 담임이 초조하게 초인종을 다시 눌렀다. 문은 열리지 않았다. 안에서 아무 소리도 들리지 않았다. 학생 기록부에 적힌 주소에 의하면 이 집이 틀림없었다. 그사이에 하니네가 이사를 가지 않았다면 말이다. 혹시나 하고 반 아이들에게 물어봤지만 하니네 집에 가 본 애는 아무도 없었다. 별로 놀랄 일은 아니었다. 애들은 집에서 놀 시간이 없다. 담 너머로 삼각형 지붕이 비죽 보이는 이층집이 하니의 집이 맞기만을 바랐다. 하지만 맞는다고 해도 이렇게 문 앞에 서 있기만 하면 무슨 소용이람, 하고 생각하며 담임은 이마의 땀을 닦았다.

담임은 하니의 엄마에게 전화해 봤으나 여전히 전원이 꺼져 있다는 말만 반복될 뿐이었다. 하니에게 전화해 봐도 마찬가지였다. 저녁이 다 돼 가지만 해는 높이 떠 있고 날은 후텁지근했다. 땀에 젖은 셔츠가 등에 달라붙었다. 교감 선생님에겐 뭐라고 보고하지. 입이 바짝바짝 말랐다. 양파즙이라도 하나 챙겨올걸, 후회했다. 담임은 주위를 두리번거렸다. 차가운 에어컨 바람과 시원한 음료수 생각이 간절했다. 저만치 떨어진 곳에서 작은 슈퍼를 발견한 담임은 부지런히 걷기 시작했다.

"죽은 지 한참 됐대요."

"냄새가 굉장했다면서요?"

피로회복제 한 병을 단숨에 비운 뒤 다시 냉장고 문을 열고 이온 음료를 찾는 담임의 귀에 슈퍼 주인과 아줌마들의 이야기가 들어왔다.

"그 집 아줌마도 없어졌대요."

"어쩐지 통 안 보이더라."

"살인 사건이라니, 이게 다 무슨 일이야."

침을 삼키고 목소리를 가다듬은 담임이 아줌마들을 향해 물었다.

"혹시 저 집 말씀이세요?"

당황한 기색의 얼굴들이 일제히 담임에게 향했다. 경계심 어린 눈이 담임에게 모였다. 연신 이마의 땀을 닦아 내는 남자는 더위를 먹은 듯 얼굴이 달아올라서 좀 딱해 보였다.

"저기 이층집 이야기인가요?"

담임이 손가락으로 하니의 집을 가리켰다.

"아니, 그 옆집이라우."

슈퍼 주인의 말에 하니의 담임은 가슴을 쓸어내렸다. 그 순간, 혹시? 하는 불길함이 머리를 스쳤지만 그보다 머리가 지끈거리기 시작했다. 일단은 집에 돌아가 쉬어야겠다고 생각하며 하니의 담임은 슈퍼를 나왔다.

수사

작은 방 안에 경찰과 공 여사의 아들이 책상을 두고 마주 앉았다.

"어머니가 아버지를 살해했나요?"

경찰의 질문에 공 여사의 아들이 코를 후비고 나서 대답했다.

"진즉 안 죽인 게 놀랍죠."

회색 도시

하늘이 붉게 물들어 갈 즈음, 하니와 공 여사가 탄 자동차는 한적한 도로를 달렸다. 도로 주변으로 멀리 푸른 논과 밭이 보이다 야트막한 산이 나타나고 다시 들판이 보였다. 집은 드물게 나타났다 천천히 뒤로 사라졌다. 지나는 사람도 자동차도 드물었다. 어딘가로 달리고 있었지만 공 여사도 하니도 어딘지는 몰랐다. 도로 끝 저 멀리 뭔가 반짝였다. 높은 건물이었다. 사막 위의 오아시스처럼 허허벌판에 갑자기 도시가 나타났다.

오늘 밤은 따뜻한 물에 샤워를 하고 푹신한 침대에서 잘 수 있게 됐다고 공 여사는 생각했다. 치킨, 햄버거와 제육볶음, 떡볶이……. 하니의 머릿속에 먹을 것들이 떠다녔다. 입에 침이 고였다. 시속 50킬로미터의 속도를 유지하던 차는 무려 시속 60킬로미터의 속도로 도시를 향해 달려갔다.

오후의 마지막 햇살이 닿은 건물은 붉은 돌로 지은 성처럼 찬란하게 타올랐고 빛에 반사된 유리창이 황금 물고기의 비늘처럼 반짝거렸다. 하지만 이상하게도 가까이 다가갈수록 그 빛이 희미해지더니 도착하자 신기루처럼 사라져 버렸다. 도착해 보니 거리는 온통 회색빛이었다. 그곳은 문을 닫은 쇼핑 단지였다.

아직 붙어 있는 간판으로 한때 즐비하게 들어섰던 수많은 의류 매장과 대형 장난감 가게, 식당의 흔적을 알아볼 수 있었다. 지금은 모두 텅 비었다. 세일을 알리는 현수막은 빛바래고 찢어져 너덜댔다. 닫힌 문 앞에는 상가 임대나 폐점 안내 문구가 붙어 있었지만 그마저 흐릿해져 잘 알아볼 수 없었다. 사람의 기척에 흠칫 놀랐지만 그것은 건물 유리창에 비친 하니와 공 여사의 모습일 뿐이었다. 아무도 없었다. 죽어 버린 유령의 거리였다. 황금 햇살이 친 장난에 깜빡 속아 넘어갔다.

쇼핑몰의 중앙에 펼쳐진 널찍한 광장에는 더 이상 물을 뿜어내지 않는 분수가 청록색 이끼를 덮은 채 잠들었고 페인트가 희끗희끗하게 벗어진 회전목마는 멈춰서 흐릿한 눈으로 광장을 응시하고 있었다. 광장과 쇼핑몰을 내려다볼 수 있는 대관람차까지 있었지만 녹이 슬어 이따금 부는 바람에 삐걱삐걱 어긋난 시간의 소리만 냈다. 모든 것이 정지되어 있었다.

하니는 한때 달콤한 솜사탕 색이었겠지만 이제는 녹아서 흐느적거리는 딸기 아이스크림처럼 색이 탁한 회전목마에 올라탔다. 여기저기 녹이 슬고 먼지투성이였다.

"이거 딱 영화 배경이다."

하니 옆 목마에 올라탄 코코가 말했다. 코코가 탄 목마는 상한 겨자 색이었다.

"저 건물 뒤에서 살인마가 톱을 들고 나타나서 무지막지하게 썰어 버리는 거지."

"야!"

"싫어? 그럼 좀비들이 흐느적흐느적 나타나서 널 잡아 네 팔을 떼어 내서 우걱우걱 씹어 먹는 거지. 좀비들이 배를 가르고 펄떡거리는 심장을 먹어 치우는 걸 보며 너는 비명을 질러 대지. 꺄아아악. 하지만 넌 죽지 않아. 벌써 좀비로 변했으니까. 우우우우."

코코가 두 팔을 올려 좀비 흉내를 내다가 공 여사를 휙 돌아보고 말했다.

"저 아줌마 좀 이상하다니까."

공 여사는 분수대 가장자리에 앉아 소용돌이무늬 장미가 핀다는 화분을 무릎에 올려놓은 채 뭐라고 중얼거리고 있었다.

"이상한 데로만 우릴 데려오잖아."

"식당이 있는 줄 알고 왔지."

"없는 줄 알았으면 이런 곳은 잽싸게 뜨는 게 정상이지."

"고양이와 화분이랑 말하는 것 빼고는 별로 이상하지 않은 것 같은데. 적어도 말이야…… 우리 아빠보다는 정상이야."

"너희 아빠는 완전히 미쳤지. 그런데 어쩔 셈이야?"

"뭘?"

"담임한테 문자랑 전화 왔잖아."

"그래서 휴대폰 전원 꺼 뒀어."

"헐. 바보냐? 경찰이 위치 추적하면 너 어디 있는지 금방 알아낸다고. 전원 꺼 둬도 소용없다니까. 그냥 던져서 박살 내 버려."

"설마 학교 며칠 안 갔다고 경찰에 신고할까?"

"뉴스 안 봤냐? 요즘 학교 안 나오는 애들 대대적으로 조사하잖아. 물론 좀 그러다 말겠지만."

"내가 알아서 할게."

"버리고 최신 모델로 하나 새로 사. 엄마 신용카드 있잖아. 야, 어디 가냐."

하니는 목마에서 내려 대관람차로 걸어갔다.

대관람차는 전체적으로 노란색으로 칠해져 있지만 페인트가 벗어지고 녹슬어 마치 썩기 시작한 레몬 같았다. 하니는 문 앞에 질러진 빗장을 당겨 보았다. 빽빽했지만 힘을 주니 빗장이 풀렸다. 하니는 대관람차 안에 들어가 철제 의자에 앉았다. 삐걱삐걱, 위태로운 소리가 났다. 몸무게 때문에 하니가 앉은 자리가 조금 기울었다.

"같이 앉아도 되니?"

공 여사가 물었다. 하니가 고개를 끄덕이니 공 여사가 들어와 하니 맞은편에 앉았다.

삐걱삐걱, 소리를 내며 대관람차가 흔들거렸다.

"정말 오랜만에 타 본다. 아들이랑 놀이공원 가서 타 보고 처음이네. 걔는 바이킹이나 롤러코스터를 타겠다고 했는데 나는 무서워서 못 타겠고 어린아이 혼자는 안 태워 준다고 해서 말이야. 그때부터 울기 시작하는데 어쩔 줄 모르겠더라. 겨우 달래서 탄 게 대관람차였어. 이번에는 시시하다고 울어 대면서 내리겠다고 하는데……."

갑자기 공 여사가 웃음을 터뜨렸다.

"내리고 싶다고 내릴 수 있나. 하늘 꼭대기에 있는데 무슨 수로 제 맘대로 내려. 어찌나 재밌던지."

"그래서 버리는 걸까요?"

"뭘?"

"아이를요. 놀이공원에선 늘 엄마 잃은 아이를 찾아가라고 방송하잖아요."

"우리 애는 어찌나 날 악착같이 따라다니는지 버리고 싶어도 버릴 수가 없더라."

"전 미아보호소에 끝까지 혼자 남아 있었어요. 아무리 방송해도 엄마가 찾으러 안 왔거든요. 해는 지고 놀이공원 문을 닫는다는 노래가 흘러나왔어요. 미키마우스 헤어밴드를 한 언니가 준 사탕을 빨아 먹고 있었지만 전혀 단맛이 안 났어요. 사탕을 세 시간째 계속 먹고 있었거든요."

하니는 공 여사가 무릎 위에 올려놓고 두 손으로 감싸고 있는 화분을 물끄러미 바라봤다. 장미 줄기는 여전히 시들시들했다.

"그날은 제 생일이었어요. 여덟 살 때예요. 엄마가 선물로 뭘 갖고 싶냐고 해서 선물은 필요 없고 놀이공원에 가고 싶다고 했어요. 그전에 학교에서 놀이공원으로 소풍을 갔는데 저는 놀이기구를 하나도 못 탔거든요. 특히 저거, 회전목마를 꼭 타고 싶었는데 못 탔어요. 제가 타면 말이 부서진다고 남자애들이 놀려 댔어요. 마차는 아무도 나랑 같이 타려 하지 않았죠. 그래서 엄마랑 둘이 놀이공원에 간 거예요. 택시 타고. 아빠는 늘 집에 없었거든요. 집에서 놀이공원까지 너무 멀어서 택시 안에서 엄마랑 저 둘 다 멀미를 했어요. 세상이 온통 노란색으로 보였어요. 어쨌든 도착했죠. 회전목마만 연속해서 세 번 탔어요. 목마를 타고 엄마한테 손을 흔들었어요. 엄마는 웃으면서 보고만 있었죠. 세 번째 타고 내려 보니 엄마가 안 보였어요. 화장실 갔나 하고 기다렸지만 암만 기다려도 엄마가 안 왔어요. 그래서 미아보호소로 갔어요. 방송을 해서 엄마를 찾으려구요. 엄마가 길을 잃었다고 생각했거든요."

하니는 표지판을 읽으며 미아보호소를 찾아가던 길을 떠올렸다. 다른 아이들은 모두 제 부모의 손을 잡고 있었다. 풍선을 사 달라고 떼쓰며 울면서도 엄마나 아빠 손은 놓지 않았다. 그런 애들을 못 본 척하며 미아보호소로 갔다.

"미아보호소에는 저보다 작은 애들밖에 없었어요. 하긴 그때 저보다 큰 애는 전교에서 육 학년 오빠 두어 명밖에 없었지만요. 미키마우스 헤어밴드를 한 언니들도 꽤 놀랐어요. 제가 여덟 살밖에 안 됐다는 걸 알고 말이죠. 그래도 여덟 살은 여덟 살이니까 좀 울었어요. 나랑 다른 애 딱 두 명이 남았을 때 울기 시작했어요. 마지막 남는 게 내가 될까 봐요. 그런데 그렇게 될 것 같았어요. 결국 그렇게 됐죠."

"엄마는 어떻게 된 거냐?"

"모르겠어요. 집에는 경찰차를 타고 갔어요. 여덟 살이나 됐으니 집 전화번호랑 주소 정도는 물론 알고 있었죠. 집에 가 보니 엄마는 없었어요. 아빠도 아직 돌아오지 않아서 집에는 저뿐이었죠. 너무 피곤해서 잠이 들었어요."

"엄마는?"

"다음 날 일어나 보니 돌아와 있었어요. 아줌마가 어릴 때 시골 이야기를 할 때마다 식구들이 거짓말이라고 했다 그랬죠?"

"응."

"전 아무 말도 안 했어요. 그날 놀이공원에 갔던 이야기는 저도, 엄마도 단 한마디도 하지 않았어요. 무서웠어요. 혹시 내가 생각하는 게 맞나 싶어서요."

하니가 고개를 숙이고 제 손을 물끄러미 내려다봤다.

"엄마가 날 버린 게 아닐까, 전 생각했어요."

작은 목소리로 하니가 말했다.

"엄마가 절 버린 건 아니라고 생각해요. 단지 엄마는 어디론가 가고 싶었던 것 같아요."

하니가 벌집 모양의 쇠창살이 달린 대관람차 창밖으로 고개를 돌려 잠시 바라보다 말했다.

"가끔은 엄마가 그때 떠나 버리는 게 나았을지도 모른다고 생각해요."

공 여사가 하니의 손을 살며시 쥐었다. 하니의 손은 따뜻하고 부드러웠다.

"있잖아요, 아줌마. 저 사실은 가출했어요."

"응, 나도 마찬가지야."

공 여사가 대답했다.

그때 끼이익, 소리가 길게 나더니 하니와 공 여사의 몸이 떠올랐다.

대관람차가 공중을 향해 날아오르기 시작했다. 어둑한 하늘을 향해 호박마차처럼 노란 불을 밝힌 대관람차가 천천히 떠올랐다. 아래에서 음악소리도 들려왔다. 내려다보니 만화경 속처럼 휘황한 불빛으로 빛나며 회전목마가 돌아가고 있었다. 코코가 핑크빛 솜사탕처럼 부풀어 오르는 말 위에 올라 하늘을 향해 손을 흔들었다. 하니와 공 여사도 가만히 손을 흔들어 주었다.

마법

“마법이 있다고 생각하세요?”

하니가 물었다.

“어쩌면.”

공 여사가 대답했다.

“우리는 종종 마법을 쓰곤 했어요. 효력이 있는지는 알 수 없었지만요. 최소한 위안은 됐어요.”

“위안이 됐다면 그게 마법이 아닐까?”

“어쩌면요.”

버섯

지난봄 '생생숲체험 캠프'에 갔을 때였다. 침대 스무 개가 나란히 놓인 숙소에서 하니의 침대는 맨 끝, 바로 문 앞이었다. 선택의 여지는 없었다. 친한 친구가 없는 아이의 자리는 언제나 정해져 있었다. 하니가 화장실에 다녀와 보니 침대는 온통 흙 묻은 발자국투성이였다. 닦아 내려고 하자 흙 자국이 더욱 넓게 번지기만 했다. 담요가 푹 젖어 있었다. 아이들이 킥킥대기 시작했다. 3박 4일은커녕 하니는 단 하루도 있기 싫었다. 모두 모이라는 방송이 들려왔다. 우르르 뛰어 가는 아이들 뒤로 하니는 힘없이 걸어 나갔다.

"모두 주목하도록."

숲 체험을 인솔하는 캠프 조교가 외쳤다. 장난을 치며 숲 속을 걷던 아이들이 멈춰 섰다.

"여길 봐라. 아주 보기 드문 걸 운 좋게 발견했다."

캠프 조교가 땅을 가리켰다. 오렌지색 꽃. 맨 뒤에 서 있던 하니의 눈에는 그렇게 보였다.

"예쁘게 생겼지? 하지만 이건 아주 위험한 독버섯이다."

"먹으면 죽나요?"

"알고 싶나?"

네, 네, 네, 하는 대답이 아이들에게서 튀어나왔다.

"먹어 보면 알게 된다. 먹어 볼 사람?"

아무도 대꾸하지 않았다.

"죽는다. 많이 먹으면 죽는다."

"조금 먹으면요?"

조교가 성가시다는 얼굴로 질문한 아이를 찾았지만 발견할 수 없었다.

"변기와 아주 친해질 수 있다. 구토와 설사는 장담한다. 잘 봐두도록! 야야, 거기, 여기 보라고."

요란한 비명 소리가 아이들에게서 터져 나왔다. 벌 한 마리의 등장으로 독버섯의 존재는 완전히 잊혀졌다. 모기도 있는 것 같다며 딱, 딱, 손바닥으로 팔다리를 때리는 소리가 요란하게 울렸다. 또 한 무리의 아이들은 누군가 잡은 장수하늘소의 날개를 떼어 내며 웃고 떠드느라 정신없었다. 캠프 조교는 소리를 질러 대다 호루라기를 요란하게 불었다. 소용없었다.

"기합이다!"

그제야 조용해졌다. 다시 움직이는 대열을 따라 맨 뒤에서 걸으며 하니는 갓이 넓고 오렌지 빛을 띤 버섯을 눈여겨보았다. 거미줄처럼 뻗은 검은 나무뿌리 사이로 돋아난 버섯은 딱 한 개뿐이었다. 꽃처럼 예뻤다.

저녁은 카레였다. 캠핑장 마당에서 땀을 줄줄 흘리며 호루라기 소리에 팔다리를 버둥대고 있던 하니는 대번에 알아차렸다. 아이들 거의 모두가 알아챘다. 식당은 멀찌감치 떨어져 있지만 카레 이백 인 분의 냄새는 위력적이었다. 내일은 닭볶음탕이겠군. 아이들은 생각했다. 카레와 닭볶음탕이 빠진 캠프는 캠프가 아니었다.

하니는 나무 그늘에 혼자 앉아 있었다. 수도장에서 물장난 치는 아이들이 물러나 주길 기다렸지만 끝날 기색이 없었다. 코코가 하니 옆에 풀썩 주저앉았다.

"이게 필요하지, 너?"

코코가 메고 있던 배낭을 내려 불쑥 내밀며 말했다.

"내 가방이잖아?"

"그게 중요한 게 아니라. 열어 봐."

배낭을 열어 본 순간 하니는 눈이 부셔서 눈을 끔벅거렸다.

아찔하도록 선명한 오렌지색 빛이 쏟아져 나왔다. 배낭 안에 버섯이 넘치도록 가득 차 있었다.

"와, 되게 많다."

"찾느라 땀 좀 뺐다."

"이렇게 많이 먹으면……."

"죽나?"

"죽지. 아까 들었잖아."

"그래? 하지만 나눠 먹으면 설사만 좀 하겠지. 마침 저녁 반찬이 카레라니 딱이야. 버섯이 카레랑 얼마나 잘 어울리는지 알지?"

하니는 오렌지색이 짙다 못해 황금빛으로 빛나는 버섯을 물끄러미 바라보다 말했다.

"하나면 돼. 아니, 반개."

"야, 이 귀한 버섯을 너 혼자만 먹으려고? 그건 안 되지. 귀한 건 나눠 먹어야지. 특히 네 침대에 신발 신고 올라가서 물 뿌린 애들은 꼭 맛봐야지."

하니는 땅에 떨어진 나뭇가지 하나를 주워 들었다. 가지에 나뭇잎이 일곱 개 달려 있었다. 하니는 나뭇잎을 하나하나 떼어 냈다. 먹는다, 안 먹는다, 먹는다, 안 먹는다…….

하니는 캠핑장을 탈출하기만 하면 됐다. 설사를 하고 토해 대면 병원으로 보내질 것이다. 병원이 캠핑장보다 백배, 천배는 낫다. 거기엔 최소한 침대에 물을 뿌려 대는 아이들은 없으니까.

"됐어."

하니는 나뭇잎이 다 떨어진 가지를 땅에 버렸다.

"한 개면 충분해."

하니는 고개를 들어 코코를 바라봤다. 하지만 코코는 없었다. 배낭을 메고 저만치 달려가는 코코가 보였다. 말릴 새도 없이 코코는 그대로 식당 안으로 쏙 들어갔다.

그날 밤 캠핑장은 난리가 났다. 극심한 복통으로 아이들이 잠에서 하나둘 깨어났다. 아이들은 배를 잡고 뒹굴었다. 혹은 허리를 꺾고 끅끅대기도 했다. 신음 소리가 흘러나왔다. 잘 들어 보면 웃음소리처럼 들렸다. 아이들은 배를 잡고 웃고 있었다.

모두 미친 듯이 웃어 댔다. 너무 웃어서 호흡곤란으로 기절하는 아이들이 속출했다. 기절한 아이들은 바로 병원으로 이송됐다. 팔다리를 버둥대며 웃다 까무러친 아이들도 이송됐다. 웃다가 침대에서 굴러떨어진 애들도 이송됐다. 서로 등을 두들기며 웃어 대다 쓰러진 애들도 이송됐다. 머리카락을 잡아당기며 웃던 아이들은 머리카락이 모두 빠진 채로 울면서 웃어 댔다. 이 아이들도 이송됐다.

오직 하니만 무사했다. 아이들은 모두 병원으로 이송됐고 하니는 혼자 집으로 돌아갔다. 하니도 물론 카레를 먹었다. 분명 오렌지색 버섯을 천천히 꼭꼭 씹어 삼켰다.

"아, 젠장. 캠핑 조교 순 뻥쟁이야."

코코가 말했다.

"그거 웃음 나오게 하는 버섯이래. 검색해 봤거든."

"어쨌든 캠프에서 탈출했잖아."

"뭐, 그렇긴 하지."

"이거나 먹어."

하니가 코코에게 감자칩 봉지를 내밀었다. 하니와 코코는 카레 맛 나는 감자칩을 나누어 먹었다.

비밀

"잘한 일이 아니란 건 알아요."

하니가 공 여사에게 말했다.

"진짜 독버섯이었으면 큰일 날 수도 있었겠죠."

하니는 공 여사의 표정을 살폈다.

"코코는 까칠하긴 하지만 나쁜 애는 아니에요. 말씀드렸죠?"

"응, 낯을 좀 가리는 것뿐이지. 나도 그런데 뭘."

"엄청나게 웃기고, 가끔 진짜 이상한 짓을 해서 그렇지……."

하니는 풉, 하고 웃음을 터뜨렸다.

"코코랑 함께 있으면 재밌구나?"

"항상 그런 건 아니지만……. 대체로 그런 편이에요."

"그건…… 굉장한 일인 것 같구나."

"뭐가 굉장해요?"

"늘 재밌는 친구가 있다는 것. 게다가 그 친구가 제일 친한 친구라는 것 말이야."

"뭐, 그렇게까지 대단한 건 아니에요."

하니가 멋쩍게 말했다.

"참, 이 이야기는 비밀이에요. 아무한테도 얘기하면 안 돼요."

"그거 잘됐구나. 눈치챘는지 모르지만 난 얘기할 사람이 없거든."

"조금 눈치는 챘어요."

공 여사는 뭔가 골똘히 생각하다가 입을 열었다.

"내 짐작이 맞았어. 너희가 괜찮은 애들일 거라고 생각했거든."

"왜요?"

"너희는 한 번도 애들을 괴롭히지 않았어."

"버섯을 먹은 애들이 괴로워하긴 했어요. 배가 아프도록 웃었거든요."

"아니, 그 애들 말고. 철거 지역에 사는 아이들 말이야. 오스칼이랑 에드워드, 알버트, 하이디와 클라라, 카프카, 그 애들 다 너희를 좋아했지."

하니의 눈이 동그래졌다.

"예쁜이랑 새끼들 사는 집에 담요를 깔아 줬지?"

"알고 계셨어요?"

공 여사가 빙그레 미소 지었다.

"이제 너와 나, 아니 우리에게 비밀이 생긴 거지?"

그때 대관람차가 조용히 멈춰 섰다.

소년

잿빛 거리 끝, 검푸른 밤바다 위에 외따로 서 있는 등대처럼 희미한 불이 밝혀졌다. 공 여사는 불빛 앞에서 차를 멈췄다. 식당 간판이 붙어 있는 작은 집이었다.

식당 주위에는 아무것도 없었다. 불빛도, 인가도 보이지 않았다. 식당 뒤로 서 있는 큰 나무 몇 그루 뒤로는 어둠뿐이었다. 마당이라고 할 것도 없이 그대로 길과 이어진 식당 앞 공터 한 구석에 개집이 하나 있었다. 어설픈 형태의 개집은 어울리지 않게 하얀 페인트가 칠해져 있어 어둠 속에서 더욱 도드라져 보였다. 개집 앞에 털이 누런 개가 한 마리 앉아 있었다. 하니와 공 여사를 보고도 짖지 않았다.

하니와 공 여사는 틀이 잘 맞지 않아 덜컹거리는 유리문을 밀고 안으로 들어갔다. 울퉁불퉁한 시멘트 바닥 위에 탁자가 네 개 놓여 있고 빨간 플라스틱 의자가 어지러이 놓여 있었다. 형광등 불빛이 흐릿했지만 벽에 슨 곰팡이는 똑똑히 보였다. 주방에서 뿜어져 나오는 열기와 연기 때문에 안은 찜통처럼 후텁지근했다.

손님은 하니와 공 여사 둘뿐이었다. 주인은 가게 안에 하나뿐인 선풍기 앞에 앉아 텔레비전만 보고 있었다. 공 여사와 하니는 메뉴판을 달라고 했다. 주인은 그제서야 두 사람을 향해 고개를 돌리더니 메뉴판은 없고 되는 음식은 국수뿐이라고 했다. 두 사람은 국수를 주문했다. 주인은 선불이라며 돈부터 챙겼다.

작은 창문으로 식당 뒷마당이 내다보였다. 창문이 만들어 낸 네모진 빛 위로 하루살이 떼가 소용돌이치고 있었다. 마당을 둘러싼 커다란 나무 그늘 속에 큼직한 닭장이 여러 개 줄지어 있었다. 닭장 안이 하얗게 빛났다. 가만히 보니 닭장 안에서 뭔가 움직이고 있었다. 닭이 아니었다. 은빛이 도는 풍성한 털. 뾰족한 주둥이가 우리 밖으로 비죽 튀어나와 있었다.

"개예요?"

하니가 유심히 내다보다 물었다.

"글쎄, 그런 것 같기도 하고."

"그게 개로 보이슈? 뭐 눈에는 뭐만 보인다더니."

주인 남자가 불쑥 두 사람의 대화에 끼어들었다.

"그게 뭔지 알면 깜짝 놀랄걸. 여자들이 환장하는 거지. 진짜라고, 진짜. 평생 한 번 입어나 볼까? 아니, 만져 보기라도 할까?"

주인 남자가 개 짖는 소리처럼 웃어 댔다. 크어어어헝 컹컹.

그때 진짜 개 짖는 소리가 났다. 하니와 공 여사가 소리 나는 쪽으로 고개를 돌렸다.

앞마당에 남자 둘이 보였다. 남자들이 발길질을 하고 있었다. 털이 누런 개가 죽는 소리를 냈다. 깨갱깽. 필사적으로 달아나려 했지만 개는 줄로 묶여 있었다. 남자들이 낄낄거리며 발길질을 멈추지 않았다. 개는 꼬리를 감춘 채 죽은 듯 납작 엎드려 더는 울지 않았다. 그제서야 남자들은 발길질을 멈췄다.

"엄마, 밥 줘!"

남자들이 식당 안으로 들어오자마자 외쳤다.

하니와 공 여사는 남자들을 곁눈으로 훑어봤다. 불빛 아래서 보니 생각보다 어렸다. 많아야 이십 대 초반으로 보였다. 둘 다 사마귀같이 생겼다. 나비와 나비의 애벌레를 와작와작 씹어 먹는 사마귀를 닮았다. 떼어 내려고 하면 더 커지거나 늘어나 살을 파고들어 신경 쓰이게 하는 사마귀 같기도 했다. 쌍둥이라고 해도 될 만큼 둘은 꼭 닮은 생김새였지만 하나가 좀 더 컸다. 작은 사마귀가 큰 사마귀를 형이라고 불렀다.

엄마라 불린 여자가 주방에서 형제를 불렀다. 사마귀 둘이 주방으로 들어가더니 낄낄대며 쟁반을 마주 잡고 나왔다. 쟁반 크기에 하니와 공 여사는 놀랐다. 그보다 더 놀란 건 쟁반에 올려진 생선 크기였다. 통째로 구운 생선이 얼마나 큰지 대가리와 꼬리는 쟁반 밖으로 튀어나와 식탁을 거의 다 차지할 정도였다. 주인 남자와 사마귀 둘이 식탁에 둘러앉아 정신없이 생선 살을 뜯어 먹기 시작했다. 주인 여자가 그제야 생각났다는 듯이 국수를 하니와 공 여사 앞에 가져다주었다.

면은 퉁퉁 불어 있고 국물은 미지근했다. 하니가 그릇에서 파리를 건져 냈다. 둘 다 젓가락을 놓았다.

"아줌마, 있잖아요……."

"응?"

"저는 동물을 좋아하지만 고기도 좋아하거든요."

"나도 그래."

"하지만 짐승을 죽여서 만든 옷은 입은 적 없어요. 제 기억에는요. 그리고 앞으로도 입지 않을 거예요."

하니가 작은 목소리로 말했다.

"동물도 먹기 위해 서로를 죽여. 하지만 털이나 가죽을 위해

죽이지는 않지."

"그럼 저는 동물적인 삶을 살래요. 그런데 저거 여우예요?"

하니가 눈으로 뒷마당을 가리키며 물었다.

"그런 것 같기도 하고. 어쩌면 밍크나 너구리일지도 몰라."

"그럼 저건 뭐예요?"

하니가 눈으로 주인 가족의 밥상을 가리켰다.

공 여사도 아까부터 궁금했다. 어마어마한 생선이 도대체 뭔지 생각해 보고 있던 참이었다. 붉은빛을 띠고 있는 걸 보니 돔인가 싶었지만 그렇게 큰 돔은 본 적이 없었다. 크기나 형태로 보면 참치 같기도 했다. 냄새가 독특했다. 한번도 맡아 보지 못한 생선 냄새였다.

그때 또 개 짖는 소리가 들렸다. 출입문 밖으로 개가 뒷발로 서 있는 게 보였다. 개는 누군가의 손을 잡고 꼬리를 풍차처럼 돌리고 있었다. 교복 차림의 소년이었다. 개를 쓰다듬어 주던 소년은 개의 목을 죄고 있는 줄을 풀어 주었다. 소년은 형제가 재미 삼아 발로 날려 버린 개 밥그릇을 주워 사료와 물을 부어 주고는 식당 안으로 들어왔다.

"어딜 쏘다니다가 이제야 기어 들어와?"

주인 남자가 소년을 향해 말했다.

소년은 대답 대신 그대로 식탁을 지나쳐 주방 옆에 있는 문을 열었다.

"밥 차려 놓은 거 안 보여?"

주인 여자가 소년의 등에 대고 말했다.

"보나마나 애인 보러 가는 거겠지. 미끈하게 잘 빠진 여친."

큰 사마귀가 말하자 작은 사마귀가 낄낄거리기 시작했다.

"그런데 어쩌냐. 오늘은 네 애인 외출했는데."

큰 사마귀의 말에 작은 사마귀의 입에서 밥알이 튀어나와 사방으로 흩어졌다. 사마귀들은 낄낄댔다. 소년은 못 들은 척하고 문 안으로 들어갔다. 사마귀들이 배를 잡고 허리를 꺾고 탁자 밑에서 웃어 댔다. 소년이 금방 문밖으로 뛰쳐나왔다. 소년의 얼굴이 창백했다.

"어, 어디 있어?"

소년이 물었다.

"여기 있다!"

큰 사마귀가 벌떡 일어나 제 배를 손바닥으로 두드렸다. 작은 사마귀는 식탁을 두드리고 발을 구르며 웃어 대다 의자와 함께 뒤로 벌렁 넘어졌다. 그 꼴을 보고 큰 사마귀가 미친 듯이 웃었다. 주인 남자가 리모컨 버튼을 눌러 텔레비전 소리를 키웠다.

소년이 식탁 앞으로 다가와 섰다. 소년이 뚫어지게 식탁을 바라봤다. 갑자기 텔레비전 소리가 뚝 끊기고 고요해졌다. 주인 남자는 리모컨을 들고 텔레비전을 향해 버튼을 눌렀다. 먹통으로 변한 화면은 다시 밝아지지 않았다. 주인 남자가 리모컨을 던져 버렸다. 리모컨이 땅에 떨어져 박살이 났다. 건전지가 바닥을 구르는 소리만 유독 크게 울렸다. 식당 안이 갑자기 어둑해졌다.

하니와 공 여사는 이상한 기분이 들었다. 누군가 지켜보는 것 같았다. 뒷마당으로 난 창문으로 고개를 돌렸다. 창문 밖으로 음산한 그림자가 스쳐 지나갔다.

안광이 푸르스름하게 나는 눈동자들. 수많은 눈들이 식당 안을 들여다보고 있었다. 우우우우. 나직한 소리가 멀리서 들려왔다.

"어떻게…… 어떻게 그래?"

소년이 울먹이며 말했다.

"질질 짜는 거 봐. 우히힛."

"어떻게, 어떻게 그러긴. 이 계집애 같은 새끼야. 우히히히히."

사마귀 둘이 서로의 등을 두드리며 정신없이 웃어 댔다.

"모두 돌았어. 사람도 아니야!"

가느다란 소년의 목에 푸른 힘줄이 돋아났다. 얼굴은 눈물범벅이었다.

"뭐, 이 자식아?"

작은 사마귀가 벌떡 일어나 소년의 멱살을 잡았다.

"미친 건 너지. 이 호모 새끼야."

소년의 몸이 던져져 탁자에 부딪혀 바닥을 뒹굴었다. 소년의 형들이 소년에게 덤벼들었다. 소년을 발로 차고 짓밟기 시작했다. 목이 묶인 개처럼 소년은 저항도 못하고 두들겨 맞았다. 탁자가 넘어지고 의자가 나뒹굴었다. 주인 남자와 여자는 아무 일 없다는 듯 밥만 먹었다.

소년의 하얀 셔츠가 선홍색으로 물들었다. 소년의 코에서 터진 붉은 피가 사방으로 튀었다. 보다 못한 공 여사가 벌떡 일어선 순간, 국수 그릇이 엎어지며 땅에 떨어졌다. 바로 이어 탁자가 쓰러졌다. 플라스틱 의자가 나동그라졌다. 벽 선반에서 그릇과 수저통이 와르르 쏟아져 내리며 요란한 소리가 났다. 땅이 흔들렸다. 천장의 형광등이 요동을 치더니 깨져서 불꽃이 튀었다. 벽에 거미줄처럼 금이 가기 시작하더니 쩍 갈라졌다. 유리가 깨져 파편들이 사방으로 날렸다.

공 여사와 하니는 서로 감싸 안고 출입문을 향해 달렸다. 유리는 사라지고 틀만 남은 문이 잘 열리지 않았다. 천장에서 우수수 시멘트 조각이 떨어졌다. 공 여사는 하니를 뒤로 물러나게 하고 의자를 집어 방패 삼아 문틀을 향해 돌진했다. 꿈쩍도 하지 않았다. 하니가 다리를 들어 발로 문짝을 힘껏 찼다. 우지끈. 문짝이 날아갔다. 식당을 빠져나온 두 사람은 정신없이 달렸다. 등 뒤에서 굉음이 울렸다. 하니와 공 여사는 멈춰 서서 뒤를 돌아보았다. 식당이 무너져 내리고 있었다.

갑자기 돌풍이 불어오더니 무너진 건물 뒤로 회오리바람이 솟아올랐다. 주둥이가 뾰족한 짐승들이 뒷마당을 누볐다. 은빛 털이 달빛에 얼음처럼 반짝였다. 은빛 짐승들이 원을 그리며 달렸다. 은빛 소용돌이가 윙윙 소리를 내며 거세게 몰아쳤다. 양철 지붕 조각이 바람을 타고 너울거리고 플라스틱 의자가 맴을 돌며 하늘로 떠올랐다. 깨진 그릇 조각들이 거꾸로 내리는 우박처럼 하늘로 솟아올랐다. 빨려 들어갈 것만 같았다. 하니가 손을 뻗어 바람에 휩쓸려 날아가는 공 여사의 모자를 잡아챘다. 공 여사와 하니는 서로 꼭 부둥켜안았다.

콰르릉.

천둥이 울렸다.

뫄악, 하고 하늘이 갈라졌다. 따다닥. 화약 터지는 듯한 요란한 소리가 나며 사방이 번쩍거렸다.

우우우우.

바람 속으로 음산하고 두려운 울음소리가 났다.

울부짖는 소리는 점점 더 커졌다. 바람이 사정없이 휘몰아쳤다. 휘이잉, 휘이잉, 지하에서 들려오는 악몽 같은 음산한 소리가 울려 퍼지고 쩌엉, 쩌엉 쇳소리가 밤하늘을 갈랐다. 주위의 나무들은 끔찍한 광경을 본 것처럼 팔을 높이 올린 채 비명을 질러 댔다. 하니와 공 여사는 꼭 부둥켜안은 채 부들부들 떨며 눈을 감았다. 감은 눈 앞으로 희뜩한 빛이 휙휙 지나갔다.

불현듯 고요해졌다.

하니와 공 여사는 살며시 눈을 떴다. 저 멀리 돌풍 속을 달리는 은빛 짐승들의 무리가 보였다. 뾰족하고 긴 주둥이에 사람을 물고 있었다. 돌풍이 은빛 짐승들을 완전히 거두어 가 버렸다. 어둠만이 남겨졌다. 멀리서 컹컹, 소리가 들려왔다. 앞마당에 있던 누런 개가 꼬리를 감추고 내뺐다.

가냘픈 그림자 하나가 어둠을 가르고 달려왔다.

수배

"검시 결과 나왔습니다."

박 경관이 선배 김 경관에게 보고서를 내밀었다. 악취가 지속된다는 민원 때문에 방문한 집에서 시체가 발견된 사건이었다.

"심장마비랍니다. 외상의 흔적도 전혀 없습니다."

"사체 손상이 심했다면서?"

"네, 사망 추정 시각에 비해서 부패 정도가 크긴 했지만 아주 드문 경우는 아니라고 합니다. 요즘 갑자기 날씨가 더워졌으니까요."

"다른 건?"

"네, 냉장고에서 발견된 국은 성분 분석 결과 이상 없었습니다. 그냥 고깃국이었어요."

"아줌마는 어떻게 된 거야?"

"그게 좀 이상합니다. 사망자의 부인……."

박 경관이 보고서를 넘겨 들여다보며 말을 이었다.

"사망자 부인, 공맹희는 식당에서 매일 오전 10시부터 오후 3시까지 일을 했는데 사체가 발견되기 5일 전, 그러니까 사망 추정 시각 당일에 그만두겠다고 했답니다. 식당에서 같이 일하던 사람들에 의하면 공맹희가 말이 없고 회식도 한번 나오지 않았지만 음식 솜씨는 좋았다고 합니다. 갑자기 그만두겠다고 해서 식당에선 좀 곤란해졌다고 하더라고요. 그런데 그 식당이 저도 몇 번 밥 먹으러 간 집이었어요. 거기 왜, 공원 옆에 있는 식당인데, 아, 선배도 같이 몇 번 간 적 있잖습니까. 그 집 반찬이 맛있다고 밥을 두 그릇이나 드셨는데. 아, 그냥 그렇다고요."

지그시 노려보는 김 경관의 눈을 피해 박 경관이 황급히 보고서를 넘겼다.

"그리고 공맹희가 인터넷 쇼핑몰을 운영하고 있었습니다."

"인터넷 쇼핑몰? 옷 같은 거 말이야?"

"아니요. 잼이랑 과자 같은 걸 팔았는데 거래 내역이 거의 없어요. 식당 그만둔 날 홈페이지도 닫았구요."

"돈이 궁했나?"

"예금이 있었습니다. 큰 액수는 아니지만요."

식당을 그만둔 날 공맹희는 본인 명의의 계좌에 있던 돈을 모두 인출했다. 금액은 육백칠십삼만 삼천이백칠십 원. 집 근처

은행에서 공맹희 본인이 인출한 것으로 확인됐다. 그리고 그날 사망자의 차도 없어졌다. 자동차는 집 앞에 세워 뒀는데 근처에 CCTV가 없어서 누가 타고 갔는지 확인할 수 없었다.

"냄새가 나네."

김 경관이 냉커피를 쭉 들이켠 뒤 말했다.

"딱딱 맞아떨어지는데. 냄새 맡고 자시고 할 것도 없잖아."

"어, 그런데 선배, 이게 심장마비고 외상의 흔적이 전혀 없으니까 좀 애매해요."

"야, 심장마비가 왜 왔겠어?"

"심장이 약했나 보죠."

"심장 약한 걸 누가 제일 잘 알겠어?"

"본인?"

"그리고?"

"의사?"

김 경관이 눈을 부라리자 박 경관이 씩 웃었다.

"뭐 더 없어?"

"주민들 말에 의하면 그 집에서 개를 키운다고 했습니다. 밤이면 자주 개 짖는 소리가 났다고 하더라고요. 아마 대형견일 거라고들 했습니다. 그런데 개가 아니라는 사람들도 있었는데요. 좀 이상한 소리였다고 해요."

"이상한 소리?"

"우우우우우워어어어어."

"뭐하는 거야?"

"방금 저, 한 마리 늑대 같지 않았어요?"

김 경관이 박 경관을 노려보았다.

"이웃 주민들이 그랬다니까요. 우우우우워어어어, 그런 소리가 났다고요. 늑대나 뭐 그런, 맹수 소리 같다고 했다니까요. 그런데 이상한 건 집에 개가 없었습니다."

"그럼 도대체 뭐야?"

"박제가 있더라고요. 멧돼지, 여우, 꿩, 사슴 같은 거요. 아, 늑대도 한 마리 있었다. 박제 잘했더라고요. 어우, 꼭 살아 있는 것처럼……."

"지금 장난해?"

"그죠? 잘못 들은 거겠죠? 아니면 밤마다 박제가 살아서……. 농담이에요, 선배."

박 경관이 씩 웃었지만 김 경관은 짜증스러운 표정으로 유리컵에 남아 있던 얼음을 입에 털어 넣고 와그작 씹었다.

"아들이 다 불었다며? 엄마가 죽인 거라고."

"아, 아들. 여전히 횡설수설이에요."

아들은 심리가 불안정했다. 조사할 때마다 말이 바뀌었다. 죽였다고 했다가 죽이고 싶었다고 말을 바꾸는가 하면, 그 주체가 엄마인지 자신인지 아니면 둘 다인지 아리송했다. 최소한 살해 동기는 있었다. 살인 혐의는 엄마와 아들, 둘 모두에게 있다. 범인이 밝혀지기 전 누구에게나 혐의는 있는 법이다.

"참, 개 대박 났어요."

"대박?"

"대박이라고 하긴 좀 그렇지만. 사망자 앞으로 생명보험이 들어 있었는데요, 수령인이 아들로 되어 있어요."

"보험금이 얼만데?"

"일 억입니다."

"아들이 받는단 말이지?"

"네, 아들이 일 억을 받게 됩니다."

"그럼, 답 딱 나오잖아."

"그런데 알리바이가 있어요."

피해자 사망 추정 시각에 아들은 근처 피시방에서 밤을 새웠다고 했다. 피시방 CCTV로 확인한 결과 사실이었다. 밤새 컴퓨터 앞에서 자리를 뜨지 않았고 화장실을 두 번 다녀왔을 뿐이고 그 시간은 두 번 모두 5분 남짓이었다.

"피시방 사장도 한 패네. CCTV는 조작했겠지."

"그렇게 치밀한 스타일들은 아닌 것 같은데……. 조작하느니 아예 CCTV를 망가뜨리는 게 설득력 있지 않나요?"

김 경관은 컵 바닥에 남은 미지근한 물을 들이켰다. 돈보다 더 확실한 증거는 없었다. 돈이 끼어들면 믿을 수 없는 일도, 논리적으로 설명할 수 없는 일도, 불가능한 일도 가능해졌다. 그게 범죄의 속성이었다. 추론일 뿐이지만 김 경관은 그것이 진리라고 생각했다.

"이건 세 놈이, 아니 세 연놈이 작당한 사건이야. 피시방 사장 잡아들이고 아들 영장 발부하고, 거기, 에어컨 좀 켜 봐. 그리고 자동차 넘버 조회하고 수배령 내려."

"벌써 내렸습니다."

플루토

소년의 눈에서 투명한 눈물이 툭 떨어졌다. 짙은 구름 사이로 달이 모습을 드러냈다. 보름달이었다.

세 사람은 나란히 바닥에 주저앉은 채 어둠 너머를 말없이 지켜보았다. 흔적만 남은 집터에는 빨간 플라스틱 의자 몇 개가 나뒹굴었다. 은빛 짐승들의 자취는 어디에도 없었다.

소년은 침통한 표정으로 생선 뼈를 쓰다듬었다. 소년이 집에서 건진 유일한 것이었다. 얼마 안 남은 살점이 나달거렸지만 대가리부터 꼬리까지 뼈는 온전했다.

"혹시 도미니? 아니면 참치?"

공 여사가 조심스레 물었다.

"둘 다 아니에요. 플루토는 분홍 고래예요."

공 여사와 하니가 미심쩍은 눈빛을 교환했다.

"뭐, 믿기 싫으면 말아요."

"아닌 게 아니라 붉은빛을 띠고 있어서 돔인가 했지. 고래, 그러니까 그게 분홍 고래고 이름이 플루토구나."

소년이 고개를 끄덕였다.

"플루토는 진짜 분홍 고래예요. 세상에 하나밖에 없는 고래죠. 연한 회색에 분홍빛을 띠고 있어요. 밤에는 분홍빛이 더 진해져요. 바다로 헤엄쳐 나가면 완전히 진한 분홍색으로 변한다고, 제게 플루토를 팔았던 아저씨가 말했어요."

"고래를 샀다고?"

"네, 시장에서요."

"살아 있는 고래를 파는 시장이란 말이지?"

"네, 굉장히 이상한 것들을 파는 시장이었어요."

소년은 연기가 자욱하게 낀 어둑한 시장 골목을 떠올렸다. 아주 오래전이지만 흐릿한 불빛 아래 차양을 내건 가게들이 줄지어 있던 골목에서 나던 야릇한 냄새는 아직도 생생했다.

소년은 아버지의 심부름으로 술을 사러 집을 나섰다. 늦은 밤이었다. 술 파는 가게는 이미 문 닫은 시간이었지만 아버지는 기어코 소년을 집밖으로 내보냈다. 어머니는 코를 골고 있었고 형들은 방에서 뭘 하는지 괴성을 지르며 낄낄대고 있었다.

가로등도 없는 길을 소년은 혼자 걸어갔다. 짐작대로 가게는 불이 꺼져 있었다. 닫힌 문을 몇 번 두드리다가 소년은 마을로 향했다. 혹시 시장에는 늦게까지 문을 연 가게가 있을까 싶어서였다. 술을 사 가지 못하면 아버지가 두들겨 팰 것을 소년은 잘 알고 있었다. 한참이 걸려 도착했지만 시장 역시 어둡고 고요하기만 했다. 소년은 혹시나 하고 컴컴한 시장 안쪽으로 들어갔다. 그때 이상한 향이 풍겨 왔다. 한 번도 맡아 보지 못한 냄새를 좇아 소년은 걸었다.

좁은 골목에 줄지어 있는 가게들은 아직 문을 열어 놓고 있었다. 희미한 불빛 아래 펼쳐진 좌판에는 신기한 물건들이 가득했다. 마술 상자와 만화경, 말린 벌레와 도마뱀, 살아 있는 이구아나와 잠들어 있는 박쥐, 전갈의 혓바닥과 뱀의 꼬리, 하얀 여우의 꼬리털과 수염, 천체망원경과 사라진 나라들의 지도, 읽을 수 없는 책과 보이지 않는 그림이 그려진 화첩, 녹슨 열쇠와 거꾸로 가는 시계……. 그리고 맨 끝 가게에 깊은 심연처럼 짙푸른 수조가 있었다. 그 안에 플루토가 조용히 헤엄치고 있었다.

플루토를 본 순간, 소년은 눈을 뗄 수가 없었다. 소년은 술 살 돈으로 플루토를 샀다. 집으로 돌아온 소년은 돈까지 잃어버렸다고 아버지에게 평소보다 더 두들겨 맞았다. 소년은 그 뒤로 여러 번 시장에 가 보았지만 다시는 그 이상한 골목을 찾지 못했다.

"처음에는 고등어만 했어요."

소년은 공 여사가 빌려준 손수건으로 뼈를 조심스럽게 닦아냈다. 생선 뼈는 소년의 팔뚝보다 더 길었다.

"고래라면 엄청 커질 텐데."

공 여사가 말했다.

"그렇죠. 그런데 생각보다 잘 안 자랐어요. 수조가 너무 작아서였을 거예요. 돈 많이 벌어서 수영장이 있는 집을 지으려고 했어요. 아마 굉장히 큰 집이어야겠죠. 플루토가 살 만한 수영장이 있는 집이라면."

"아무리 자라도 3미터까지는 안 됐을 거야. 그리고 그건 세상에 한 마리밖에 없는 고래가 아니야. 멸종 위기이긴 하지만 아마존에 그런 분홍 돌고래들이 살아."

하니가 말했다.

"뭘 안다고 그래?"

소년의 뺨이 딱딱하게 굳었다.

"고래라면 좀 알아."

소년은 하니를 위아래로 훑어보더니 말했다.

"너야말로 3미터까지 안 되게 조심해. 가로로. 이 돼지야."

순간 소년이 뒤로 쿵하고 쓰러졌다.

소년은 두 손으로 이마를 감싸고 데굴데굴 굴렀다. 소년에게서 신음이 흘러나왔다. 하니는 벌떡 일어나 자동차 안으로 들어가 버렸다.

"세상에!"

공 여사가 소년을 일으키다 말고 웃음을 터뜨렸다. 손으로 입을 막았지만 웃음이 비어져 나왔다. 공 여사는 배를 잡고 웃었다. 눈물이 날 지경이었다. 아무리 참으려 해도 소용없었다. 배가 아프도록 웃었다. 그렇게 웃어 본 건 정말 오랜만이었다.

"코코구나. 코코야."

소년은 가까스로 일어나 앉았다.

"어머, 너 피, 또 코피 난다."

소년이 손등으로 코를 쓱 닦았다.

"손수건을 써. 휴지가 어디 있을 텐데."

공 여사가 가방 안을 뒤적였다.

"괜찮아요."

소년의 목소리가 퉁명스러웠다.

"그러게 왜 코코를 건드렸니?"

"재 이름이 코코예요?"

소년이 잔뜩 찡그린 얼굴로 이마를 문지르며 자동차를 노려봤다.

"아니, 저 애는 하니야."

소년이 어리둥절한 표정을 지었다.

"미안하다. 웃은 건 미안하지만……."

공 여사는 또 웃음을 터뜨렸다. 번개 같던 하니의 박치기를 떠올리니 웃음을 참을 수 없었다. 빠른 데다 위력은 또 얼마나 대단한지. 소년의 이마는 아직도 불룩 튀어나와 있었다. 한참 만에 겨우 웃음을 멈춘 공 여사가 말했다.

"지금 네 상황이 별로 안 좋은 건 알지만 그래도 네 말은 심했다."

"죄송해요."

"사과할 사람을 잘못 찾은 거 같은데."

소년은 고개를 푹 숙였다.

"그런데 어쩔 셈이니?"

공 여사가 무너진 집이 있는 어둠 속을 돌아보며 물었다. 소년은 플루토의 뼈를 쓰다듬으며 침울하게 말했다.

"모르겠어요."

"찾으러 가고 싶니?"

공 여사가 눈으로 은빛 짐승들이 사라진 곳을 가리켰다. 어둠 속을 잠시 바라보던 소년이 말했다.

"아니요."

"그럴 줄 알았다."

"그런 사람들은 짐승에게 잡혀가도 싸요."

소년은 침을 탁 뱉었다.

"그럼 갈 데는 있니?"

"아줌마는 어디로 가세요?"

"우리는 좀 멀리 갈 거야."

소년은 잠시 생각하다 말했다.

"그럼, 저 좀 태워 주시면 안 돼요?"

공 여사는 차 속에 앉아 있는 하니를 바라보다 말했다.

"우선 사과부터 해야 할 거다. 진심으로."

고아

"왜 말렸어? 두어 번 더 들이박으려고 했는데."

"걔 쓰러져서 못 일어나는 거 못 봤어?"

"흥. 입은 더럽고 엄살은 심한 놈이네. 최악이다."

"너도 똑같아."

"뭐? 뭐랑 똑같단 말이야?"

"걔네 형들이랑 똑같아."

"잠깐만. 지금 재미로 주먹을 휘두른 걔네 형들이랑 정의를 위해 박치기를 날린 내가 똑같다고 한 거야?"

"아니야. 말이 잘못 나왔어. 내 말은 걔가 좀 불쌍하단 거지. 집도 없어지고 가족도 사라졌으니 말이야."

"헐."

"뭐? 왜? 왜 그런 표정인데?"

"매일 밤 숲에서 이슬 맞으며 빵 쪼가리나 뜯는 네가 할 소리는 아닌 것 같은데."

"난 달라. 난 내 발로 나온 거잖아."

"다르다고? 뭐가 다르지? 너나 저 자식이나 가족 없고 돌아갈 집 없는 똑같은 신세인데? 저 아줌마 취미가 고아 수집이지, 아마?"

"쟤는 맞지만 나는 아니라니까."

"그래? 너희 부모님은 널 참 애타게도 찾더라, 응?"

"……."

"집 나간 줄도 모를걸. 혹시 알았다면 좋아서 춤이라도 추고 있겠지."

"……."

"싫다고 해. 플루토를 바다에 데려다주고 싶다고? 쟤도 정상은 아니야. 쟤네 가족 봤지? 다 미쳤다고. 고랜지 뭔지를 튀겨 먹다니. 대박! 물론 고래일 리 없지만. 고래라니 말도 안 되지. 게다가 분홍 고래라고? 와, 왜 내 주위에는 맛 간 사람들만 꼬이냐. 혹시 이 차가 정신병원 가는 구급차였냐?"

"아마존이야."

"뭐?"

"아마존에 분홍 돌고래가 살아. 숲을 좋아하는 고래. 너도 같이 다큐멘터리 봤잖아?"

"대박. 숲을 좋아하는 고래래. 고래도 미쳤구나."

"모르는 척하지 마. 재밌다고 세 번이나 봤으면서."

"아무튼 저 자식 맘에 안 들어."

"나도 맘에 드는 건 아니야."

"그런데 왜 데리고 가려는 거야? 바다까지 가면 빠이빠이 할 수 있을 것 같아? 쟤, 끈질기게 달라붙을걸? 오갈 데 없는 처지니까 말이야. 아니면 네 지갑이랑 휴대폰 들고 튀겠지. 저 아줌마도 홀랑 다 털릴 거야. 바다니 뭐니 다 개수작이지. 동정도 가려 가면서 하는 거야. 그리고 지금 네가 누구 동정하고 그럴 처지가 아니라니까."

"동정하는 거 아니야."

"그럼 뭐야?"

"나도 바다에 가 보고 싶어."

"헐. 내가 지금 무슨 소리를 들은 거지? 누군가 바닷속에 자빠뜨려져 짠물을 엄청 엄청 먹었던 것 같은데. 배 터지도록 먹은 그 찝찔한 물이 좋았단 말이지, 지금?"

"캠핑이 싫었던 거야."

"와! 그랬구나. 바다를 좋아했구나. 난 왜 몰랐지? 와, 신나라! 그럼 쟤 빼고 가면 되겠네. 가자, 가자, 바다!"

"쟤도 한번도 못 가 봤을 거야."

"왜, 저 자식이 못 가 봤다면 우주에도 데려다주지?"

"저번에 같이 본 에베레스트 등반가 다큐멘터리 기억나?"

"이젠 에베레스트까지 데려다주려고?"

"거기 나오는 등반가가 그랬잖아. 혼자 산을 오를 때나 텐트 안에 있을 때 누군가 옆에 있다고 생각했다고."

"그 높은 산에 올라가서 제정신인 게 이상하지."

"네가 없었으면 난 여기까지 못 왔을 거야."

"무슨 소리야. 아줌마 차 타고 왔잖아."

"그래, 아줌마랑 네가 있어서 여기까지 올 수 있었지. 나 혼자는 못 왔을 거야."

"너, 지금 되게 재수 없어."

"너도 좋아하잖아, 바다."

"와, 진짜? 내가 바다를 좋아한대? 처음 알았네."

"해적이 꿈이었잖아."

"난 금은보화가 좋았다."

코코는 입을 딱 다물고 창밖만 바라봤다.

기린

"헐, 쟤 지금 뭐하는 거예요?"

소년이 차 안을 가리키며 물었다.

"기다려. 이야기하는 중이잖아."

"아무리 이 인 분 몸이긴 하지만……. 이렇게 된 거예요?"

소년이 손가락을 머리 위로 빙글빙글 돌렸다.

공 여사는 소년의 얼굴을 말없이 들여다봤다. 아직 완전히 자리 잡히지 않은 갸름한 얼굴. 코 밑에는 부드럽고 희미한 수염이 나기 시작했지만 아침마다 면도를 하게 되는 건 아직 한참 나중의 일일 것이다. 팔다리가 가늘고 길쭉하고 키는 공 여사보다 컸다. 공 여사의 아들도 이렇게 공 여사를 내려다보며 어린 악당 연기를 하곤 했다. 얼굴의 핏자국은 열심히 지웠지만 소년의 눈가에는 눈물의 흔적이 남아 있었다.

공 여사가 모자를 고쳐 쓴 뒤 말했다.

"일부러 애쓸 필요 없단다."

"뭘요?"

"네 형들처럼 굴려고 할 필요 없어."

"제가 형들처럼 군다고요?"

"아까 모습이 더 나아."

"아까 제가 어땠는데요?"

"울었던 것 같은데."

소년의 얼굴이 굳었다.

"네 형들이 겁쟁이들이라는 건 누구라도 바로 눈치챌 수 있어. 센 척한 것뿐이지. 너도 잘 알잖니."

소년은 고개를 숙였다.

"죄송해요."

"나한테 사과할 필요는 없다."

"저 애는…… 그러니까, 정신적으로 좀……."

소년이 차 안에서 누군가와 대화라도 하듯 중얼거리고 있는 하니를 가리키며 물었다.

"그러니까 제 말은…… 정신적으로 좀…… 맛이 간 거예요?"

"아니, 저 애는 누구보다도 정상이야. 단지……."

공 여사가 소년의 눈을 들여다보고 말했다.

"단지 이 세상이 살짝 맛이 갔을 뿐이야. 너도 잘 알겠지만."

소년이 눈썹 사이를 찌푸리고 잠시 생각하다 물었다.

"그러니까 저 애 이름이 하니란 말이죠?"

"응."

"저한테 박치기한 애가 하니 맞죠?"

"아니, 걔는 코코."

"그럼 저 애는 누구예요?"

"하니라니까."

소년은 여전히 어리둥절한 표정으로 차 안과 공 여사의 얼굴을 번갈아 봤다. 그러다 포기한 듯한 얼굴로 고개를 절레절레 흔들었다.

"딸이에요?"

공 여사는 잠시 소년의 얼굴을 바라본 뒤 대답했다.

"그래."

"하나도 안 닮았어요."

"그럴 리가. 우린 꼭 닮았어. 그런데 넌 이름이 뭐니?"

"기린."

유난히 목이 가늘고 긴 소년이 말했다.

심문

"어머니가 아버지를 죽였나요?"

박 경관이 물었다.

"아봐요. 그러지 않았으면 아버지가 엄마를 죽였을 거라고요."

공 여사의 아들이 대답했다.

"아버지는 미쳤어요. 밤마다 총을 들고 엄마랑 나를 쏘려고 했어요. 진짜 총이었다고요. 늑대도 죽이고 멧돼지도 잡는 진짜 총 말이에요."

"그래서 죽인 겁니까?"

"그럴 리가요. 우리 엄마는 파리 한 마리 못 죽이는 사람이에요."

"전에는 어머니가 아버지를 죽였다고 했잖아요."

"그래도 당연하단 거죠. 할 수만 있다면 나라도 죽이고 싶었다구요."

"그럼, 당신이 아버지를 죽였습니까?"

"그러고 싶었어요. 하지만 그때마다 엄마가 말렸어요."

"도대체 공맹희 씨는 어디 있는 겁니까?"

"저도 궁금해요. 도대체 우리 엄마는 어디 간 거죠?"

외출

하니의 아빠는 도무지 이해할 수 없었다. 자신은 가족을 위해 열심히 일한 가장이었으며 법과 질서를 성실하게 준수한 시민이었다. 그런데 지금 왜 이런 꼴을 당하고 있단 말인가.

하니의 아빠는 넥타이를 고쳐 맸다. 가는 붉은 줄무늬가 있는 감색 넥타이는 회사에서 중요한 일이 있을 때마다 매는 것이었다. 오늘은 큰 계약이 걸린 프레젠테이션이 있었다. 하니 아빠는 시계를 들여다보았다. 아까 본 뒤로 오 초가 지나 있었다. 삼 년 전 출근길에 일어난 가벼운 교통사고 때문에 했던 지각이 십구 년 직장 생활 중의 유일한 오점이었다. 그런데 오늘 오점이 하나 더 늘어나게 됐다. 뒷골이 당겼다.

아침 일찍 하니의 담임과 교감 선생이라는 사람들과 경찰이 집으로 쳐들어왔다. 쳐들어왔다는 표현이 정확했다. 전혀 모르는 사람들이 약속도 없이 제멋대로 찾아왔으니 말이다. 무례하고 교양 없는 사람들 같으니라고. 교감 선생은 하니가 어디에 있냐고 물었다. 하니의 아빠는 기가 막혔다. 하니가 도대체 어디 있겠는가. 지금 이 시간이라면 하니가 있어야 할 곳은 학교인데 왜 선생이란 사람이 내게 묻는 건가. 하니가 결석한 지 이십 일이 넘었다는 얘기에 더 기가 막혔다.

"이봐요. 당신들은 도대체 뭐하는 사람들입니까?"

하니 아빠가 하니의 담임과 교감 선생을 향해 물었다.

"학생이 학교에 안 나오는데 아무 조치도 취하지 않았단 말입니까?"

하니의 담임과 교감은 눈이 휘둥그레져서 입술만 달싹거렸다.

"그래서 따님은 지금 어디에 있습니까?"

경찰이 물었다.

"하니야!"

하니의 아빠는 계단을 향해 소리 질렀다. 아무 대답도 없었다. 경찰이 집을 뒤지기 시작했다.

하니 아빠는 화가 치밀었다. 무슨 권리로 제멋대로 남의 집에 들어와서 집 안을 뒤집어 놓는단 말인가. 얼마나 힘들여 정리해 놓았는데. 왜, 왜, 왜!

오른쪽 머리가 바늘로 찌르는 듯했다. 편두통이 시작됐다. 하니의 아빠는 눈을 감고 숨을 깊이 들이마시고 천천히 숨을 내뿜었다. 하니의 아빠는 절대 약을 먹지 않았다. 복식 호흡과 명상으로 편두통쯤은 극복할 수 있다고 믿었고 실제로도 그랬다. 하지만 이번에는 왼쪽 머리까지 지끈거려 왔다. 도대체 왜, 왜, 왜!

집 안 어디에서도 하니를 찾을 수 없었다. 하니의 아빠는 하니가 어디에 있는지 짐작조차 하지 못했다. 하니가 집을 나간 지 일주일이 넘었다는 것은 그 누구도 짐작하지 못했다.

차는 꿈쩍도 하지 않았다. 어디에선가 교통사고라도 난 모양이었다. 하니 아빠는 두통 때문에 진땀을 흘리기 시작했다. 뒷좌석에 나란히 앉아 있던 하니 엄마가 차창 밖을 물끄러미 내다봤다. 길 건너로 공원 입구가 보였다. 그 뒤로 진녹색 덩어리가 파도처럼 일렁였다. 하니 엄마는 얼굴을 차창에 바짝 댔다. 조금씩 눈앞이 환해졌다. 흐릿했던 바깥 세상이 비로소 명확하게 보였다. 멀리 초록 숲 사이로 부는 바람이 또렷이 보였다. 숲을 돌아 나온 바람이 시원하게 얼굴을 스쳤다. 이렇게 상쾌한 바람은 정말 오랜만이었다. 마침 자동차가 달리기 시작했다.

하니 엄마가 말했다.

"여보, 저 경찰차는 처음 타 봐요."

고통으로 얼굴이 일그러진 하니 아빠가 고함을 지르기 시작했다. 하니 엄마의 얼굴에 웃음이 번져 나갔다.

경찰

차는 어둠 속을 달렸다. 달리다 보면 바다가 나오겠지. 공 여사는 생각했다. 조수석에 앉은 기린과 뒷좌석에 앉은 하니는 깊이 잠들어 있었다.

눈앞이 흐릿해졌다. 공 여사는 눈을 부릅떠 졸음을 쫓아냈다. 숲이다. 눈이 사락사락 내리는 숲 속을 달리고 있다. 공 여사는 허벅지를 꼬집었다. 짙은 나무 그늘 사이로 하얀 연기가 피어난다. 작은 집이다. 문을 열고 들어가면 달콤하고 따스한 공기가 맞아 준다. 공 여사는 뺨을 찰싹 때렸다. 털이 보송한 고양이들이 반갑게 달려든다. 부드럽고 푹신한 털 속에 얼굴을 묻으면 스르르 졸음이 밀려온다. 잠이 든다. 잠이……. 결국 공 여사는 차를 갓길에 세웠다. 잠시 눈을 붙여야겠다고 생각했다. 의자 등받이에 몸을 기대자마자 공 여사는 깊은 잠 속으로 빠져들었다.

빗소리가 들렸다. 똑, 똑, 또옥, 똑.

비는 더 거세어졌다. 후드득, 툭, 툭. 공 여사가 눈을 떴다.

가득 비쳐 든 햇살에 눈이 부셔 공 여사는 도로 눈을 감았다. 빗소리는 계속됐다. 차츰 의식이 돌아왔다. 공 여사는 허둥지둥 시동을 걸었다. 아니야. 시동이 걸리는 대신 와이퍼가 춤을 추기 시작했다. 아니라니까. 공 여사는 가까스로 차창을 열었다.

차창으로 눈살을 잔뜩 찌푸린 경찰이 얼굴을 들이밀었다.

"여기서 주무시면 안 됩니다."

"죄송해요."

"죄송이 문제가 아니라 목숨이 왔다 갔다 한다구요. 차 달리는 거 안 보여요?"

공 여사는 앞에 세워진 경찰차를 잠시 바라보고 고개를 돌려 경찰을 향해 말했다.

"지금 출발할게요."

경찰이 조수석과 뒷좌석을 살펴보며 말했다.

"애들이 있군요."

"네."

공 여사는 앞만 똑바로 바라봤다. 등이 축축했다.

"뒷좌석에서도 안전벨트는 꼭 착용하게 하시구요."

"네, 애들에게 말할게요. 그럼, 수고하세요."

공 여사가 차창을 올렸다.

"잠깐만요."

경찰이 손을 올려 창이 올라가는 걸 막았다. 공 여사는 침을 한 번 삼키고 경찰을 향해 고개를 돌렸다.

"저쪽 사이드미러 떨어진 거 아시죠?"

"아, 네."

"위험합니다. 빨리 수리하세요."

"네, 알겠습니다."

공 여사는 두 손으로 핸들을 꽉 잡고 말했다. 손등 위로 푸른 핏줄이 불거졌다.

"아줌마, 뭐해요?"

"네?"

"아, 빨리 출발하세요."

"네. 수고하세요."

자동차가 부르르 한 번 떨더니 조심스럽게 움직였다. 공 여사는 첫 도로 주행 시험 때 경찰차를 들이받았다. 뒷덜미를 잡고 차에서 내린 경찰이 기가 막히다는 표정을 지었고 함께 탄 운전 교습 선생은 붉으락푸르락해진 얼굴로 미쳤느냐며 난리를 쳤다. 당연히 시험은 떨어졌다. 운전면허 시험에 재도전한 건 그로부터 일 년 뒤였다. 떠나고 싶다는 갈망이 두려움보다 컸다. 하지만 그 뒤로도 경찰차만 보면 진땀이 났다.

바다를 향해 다시 차는 달리기 시작했다.

화분

공 여사의 아들은 경찰서에서 풀려나 집으로 돌아왔다. 집 안은 도둑이 든 것처럼 난장판이었다. 의자가 널브러져 있고 바닥은 뒤집힌 화분에서 쏟아진 흙 천지였다. 경찰관들이 수색한 흔적이었다. 공 여사의 아들은 청소기를 찾아냈다. 하지만 어떻게 사용하는지 몰랐다. 한 번도 써 본 적이 없었다. 일단 버튼을 누르면 되겠지. 청소기가 요란한 소리를 내며 돌아가기 시작했다. 싱크대 아래서 메모지 한 장이 청소기에 딸려 나왔다. 공 여사의 아들은 메모를 읽었다. 다시 한 번 천천히 읽었다. 그러고 나서 화분을 일으켜 세우고 물을 주기 시작했다.

원피스

기린에게는 아무것도 없었다. 집도, 가족도, 셔츠 소매 한쪽과 단추 두 개도 없어졌다. 한쪽 소매만 붙어 있는 기린의 하얀 교복 셔츠에 남은 건 선명한 발자국과 핏자국뿐이었다. 바지는 짙은 회색이라 그나마 멀쩡해 보였다. 공 여사는 가방을 뒤졌지만 그 안에 기린이 입을 만한 옷은 없었다. 모두 기린에게는 턱없이 작았다.

"빌려줄게."

하니가 말했다.

"아, 됐어. 여자 옷을 어떻게 입냐."

"나도 좋아서 빌려주는 거 아니거든. 냄새 나는 애랑 같이 밥 먹기 싫어서 빌려주는 거야."

기린의 옷에서 비린내가 심하게 났다. 내내 플루토의 뼈를 안고 다닌 탓이었다. 하니는 티셔츠 한 장을 골라 기린에게 내밀었다. 아무 무늬 없는 흰색 티셔츠를 보고 기린은 얼굴을 찡

그렸다. 크기는 넉넉했다.

하니와 공 여사는 차에서 내려 기린이 옷을 갈아입고 나오길 기다렸다. 휴게소 주차장은 차로 가득하고 사람도 많았다. 사람들이 두 손 가득 먹을 것을 들고 있는 걸 보니 하니는 마치 놀이공원 입구에 선 것처럼 흥분됐다. 하니는 뭘 먹을까 생각하며 주차장 건너에 있는 식당들을 훑어보았다. 우선 핫도그와 구운 감자와 떡볶이부터 시작해야지. 제육볶음도 먹고 싶고 우동도 먹고 싶은데, 아줌마는 둘 다 먹어도 괜찮다고 하겠지. 하니는 공 여사를 보며 슬며시 웃었다. 그리고 후식으로는 아이스크림과 도넛. 간식으로 치킨과 햄버거를 사야지. 식빵과 우유도 잊지 말고 사야겠다고 생각했다.

"왜 안 나오죠?"

하니가 초조해져서 힐끗 차를 돌아다봤다.

"화장실도 가고 싶은데. 먼저 갈까요?"

그때 차 문이 열리고 기린이 나왔다.

"미치겠군."

코코가 말했다.

"저건 내 원피스잖아."

하니는 입만 딱 벌린 채 아무 대답도 못했다.

"아끼느라 아직 한 번도 안 입은 원피스잖아. 그걸 왜 저 자식이 입은 거야? 내 모자까지 썼잖아?"

어어, 하는 소리만 하니의 입에서 흘러나왔다.

"이상해요?"

기린이 눈을 아래로 내리깐 채 작은 목소리로 물었다. 공 여사는 하니의 손을 꼭 잡았다. 당장이라도 하니가 기린을 향해 머리를 날릴 것 같았기 때문이다.

"입어 보고 싶었어요."

기린이 작은 목소리로 중얼거렸다. 챙 넓은 모자가 기린의 얼굴에 담담한 그림자를 드리웠다.

기린에게는 자기 방도 없었다. 부모님이 쓰는 안방과 형 둘이 같이 쓰는 방 사이에 낀 마루에 이불을 깔고 잤다. 좁은 마루에 플루토가 헤엄치는 커다란 수조까지 놓아두어서 기린은 몸을 웅크리고 자야 했지만 그래도 좋았다.

불을 끄면 수조의 푸른 불빛이 바닥에 일렁여 마치 깊은 바다 속에 누워 있는 기분이 들었다. 푸른 빛 속에 분홍색 플루토가 조용히 떠 있었다. 자그만 날개 같은 지느러미로 물결을 가르지만 플루토는 헤엄치지 않았다. 나아갈 수 있는 공간이 플루토에겐 없었다. 기린도 마찬가지였다. 기린이 가진 거라곤 사각

형 푸른 빛 수조와 그 안의 플루토뿐이었다.

플루토. 조용히 이름을 부르면 플루토는 순한 눈을 돌려 반갑다는 듯이 웃어 주었다. 플루토, 하고 부르는 것만으로 기린의 마음은 무언가로 꽉 차는 듯했다. 그것이 무엇인지 기린도 잘 알지 못했다.

기린은 잠들기 전 희미한 푸른 수족관 불빛 아래에서 잡지를 펴 들었다. 잡지에는 거의 여자들 사진뿐이었다. 형들도 여자들이 잔뜩 나오는 잡지를 숨겨 두고 있다는 걸 기린은 알고 있었다. 형들이 보는 잡지 속 여자들은 거의 옷을 입고 있지 않았다. 하지만 기린이 보는 잡지는 그와는 반대였다. 기린은 여자들이 입고 있는 옷을 보기 위해 잡지를 봤다.

부드럽게 흘러내리는 원피스, 리본이 달린 블라우스, 꽃으로 장식된 챙 넓은 모자, 허리선이 날렵한 재킷, 물방울무늬 치마, 레이스가 잔뜩 달린 롱 드레스, 앞코가 둥근 에나멜 구두, 10센티도 넘을 것 같은 분홍색 힐, 보석이 박힌 가방, 길게 늘어뜨린 진주 목걸이……. 미칠 것 같았다. 아름답고 우아하고 사랑스럽고 귀여운 것들이 기린은 미치게 좋았다. 매일 밤 남몰래 넘겨 보는 소중한 잡지를 숨길 만한 장소도 기린에게는 없었다.

호모 새끼. 형들은 기린을 그렇게 불렀다.

개자식들, 닥쳐. 기린은 대답했다.

형들의 주먹질과 발길질이 시작됐다. 그 편이 마음은 편했다. 기린은 맞는 데 익숙했다.

형들이 욕을 하고 침을 뱉고 소리를 질러 대고 발길질을 하면 기린은 기를 쓰고 달려들었다. 아무 소용 없다는 걸 알지만 그래도 안간힘을 다해 저항했다. 모두 플루토 때문이었다. 강해져야만 플루토를 지킬 수 있었다. 형들은 늘 플루토를 노렸다. 플루토가 기린에게 얼마나 소중한지 잘 알고 있었기 때문이다. 소중한 걸 가져 보지 못한 사람은 소중한 걸 지키는 게 뭔지 몰랐다. 하지만 소중한 걸 망가뜨리면 어떻게 된다는 것만은 잘 알고 있었다. 기린은 때로 두려워서 울기도 했다. 형들이 무서워서가 아니라 플루토를 지키지 못할지도 모른다는 두려움 때문이었다. 아무것도 할 수 없는 것이 두려워 울었다. 우는 기린을 보고 형들은 호모 새끼라고 놀리며 낄낄댔다.

오랫동안 호모로 불리고 보니 기린은 자신이 호모인 것도 같았다. 호모가 뭔지 기린은 어렴풋이 알고 있었다. 내가 호모인가. 그것도 어렴풋했다. 기린은 남자를 좋아해 본 적은 없다. 아니, 남자라면 끔찍했다. 아버지와 두 형은 아름답고 우아하고 사랑스럽고 귀여운 것의 정반대였다. 차라리 여자가 되는 게 낫겠다고 기린은 생각해 본 적이 있다.

기린은 자기 반 반장을 보면 숨이 막혔다. 공부도 잘하고 달리기도 잘하는 반장은 인기가 많았다. 반장이 옆에 있으면 기린은 얼굴이 달아오르고 심장이 쿵쿵거렸다. 그것이 반장을 좋아해서인지, 아니면 반장에게서 나는 연한 로션 냄새 때문인지, 아니면 단정하게 다림질된 셔츠 칼라와 눈부시도록 하얀 소맷단 때문인지, 혹은 무릎에서 찰랑거리는 주름치마와 분홍색 스니커즈 때문인지 기린은 알 수 없었다.

"알고 싶어요. 내가 정말 호모 새끼인지."

기린이 말했다. 기린의 눈처럼 짙고 긴 속눈썹 아래로 투명한 눈물이 떨어져 내렸다. 기린은 두려웠지만 아무것도 지킬 것 없는 지금, 무엇이 두려운지 잘 알 수 없었다.

"리본이 옆으로 가게 쓰는 거야."

하니가 모자를 가리키며 말했다.

"고마워."

기린이 모자를 고쳐 썼다.

"예쁘다. 색이 정말 잘 어울린다."

공 여사가 말했다.

하니와 공 여사, 그리고 분홍색 꽃무늬 원피스를 입은 기린은 식당을 향해 나란히 걸어갔다.

반딧불

연보라색이 하늘에 서서히 번져 갔다. 깃털처럼 펼쳐진 구름이 황금색으로 빛나며 마지막 햇볕 한 줌까지 땅 위에 흩뿌렸다. 이내 어둠이 찾아왔다.

"여기서 잔다고요?"

기린이 주위를 둘러보며 말했다. 울창한 나무가 짙은 그늘을 드리우고 달려왔던 길은 어둠에 가려 사라졌다. 사방이 어둑하고 불빛 하나 보이지 않았다. 아직 남아 있는 한낮의 열기가 서서히 누그러지며 공기는 서늘해졌다. 숲이었다.

"경험이 좀 있지."

공 여사가 말했다. 순식간에 텐트가 세워졌다.

세 사람은 숲 속을 걸었다. 물론 나뭇가지를 줍기 위해서였다.

"이 숲은 좀 이상한데요."

하니가 말했다.

"그러게."

공 여사가 사방을 둘러봤다. 불빛 하나 없지만 어둡지 않았다. 달이 하늘 높이 떠 있었다. 조용하고 상쾌한 밤이었다. 달빛이 차분히 내려앉아 부드러운 실로 짠 카펫처럼 펼쳐져 있었다. 그곳은 공 여사가 창문으로 내려다보며 상상 속에서 가꾸던 하니의 집 정원 같았다. 잔디가 부드럽게 깔리고 박하 향이 풍기는 허브가 자라나고 색실로 문양을 넣은 카펫처럼 곳곳에 꽃이 피어 있었다. 장미와 수국, 국화와 백합, 튤립과 히아신스, 민들레와 작약……. 자욱한 꽃향기를 뿜어내는 은빛 카펫을 높이 치솟은 짙푸른 나무들이 둘러싸고 있어 아늑한 기분이 들었다. 부드럽고 촉촉한 공기가 호박색 밀랍같이 피부를 감쌌다. 확실히 지금까지 지나왔던 숲과는 달랐고 공 여사가 기억하는 어느 숲과도 닮지 않은 숲이었다.

"아아. 저 알았어요, 아줌마. 여긴 캠핑장인가 봐요."

"캠핑장이라고?"

"나무 사이에 큰 공터가 있잖아요. 여기랑 또 저기. 아, 어쩌면 매점이랑 샤워실도 있을지 몰라요."

"웃기시네. 이게 캠핑장이면 텐트랑 사람들은 어디 있냐?"

기린이 딴지를 걸었다.

"넌 그 옷이 아깝다. 옷에 어울리게 말 좀 예쁘게 할 수 없냐?"

"네가 말도 안 되는 소리를 하니까 그러지."

"뭐가 말도 안 되냐? 텐트랑 사람은 당연히 없지. 이건…… 유령 캠프니까."

"야, 하지 마."

"왜? 무섭냐?"

"웃기시네."

"어! 뒤! 네 뒤에!"

"야!"

기린이 긴 팔을 유령처럼 휘적거리다가 펄쩍 뛰어 공 여사의 팔을 꽉 붙잡았다. 하니가 깔깔거리며 웃었다. 공 여사도 조금 웃고 기린도 결국에는 웃었다.

매점도 샤워장도 찾지 못했지만 수확이 있었다. 잘 마른 장작과 나뭇가지를 잔뜩 주웠다. 그것들은 크리스마스트리같이 근사하게 솟은 전나무 아래 선물처럼 놓여 있었다. 모두 장작과 나뭇가지를 한 아름 안고 신이 나서 텐트로 돌아왔다.

애를 썼지만 좀처럼 불이 나뭇가지에 잘 옮겨 붙지 않았다. 기린이 치마를 걷어 올리고 주저앉더니 챙 넓은 모자를 벗어 부채질했다. 공 여사와 하니는 불씨를 향해 입으로 바람을 불어 넣었다. 한참이 지났다. 피식거리던 나뭇가지에서 하얀 연기가 새어 나오더니 갑자기 화르르 불이 솟았다. 와. 세 사람의 입에서 동시에 탄성이 터져 나왔다.

공 여사는 불 위에 남편에겐 더 이상 필요 없는 냄비를 올려 우유를 데웠다. 우유가 부글부글 끓으며 부드럽고 고소한 냄새를 풍겼다. 공 여사는 우유가 넘치기 전에 불에서 내렸다. 하니의 트렁크에서 꺼낸 컵에 우유를 따라 번갈아 가며 마셨다. 공 여사가 식빵에 딸기잼을 듬뿍 발라 하니와 기린에게 나누어 주었다.

기린이 식빵을 한 입 먹더니 놀란 표정을 지었다. 그럴 줄 알았다는 듯이 하니가 씩 웃었다.

"아줌마가 만든 거야."

와, 하는 입 모양을 짓더니 기린이 엄지손가락을 치켜들었다. 그러고 빵을 덥석 베어 물었다. 공 여사가 조용히 미소를 지었다.

불은 잘 타올랐다. 피어오르는 연기 속에서 재와 흙, 나무와 풀, 닫힌 꽃잎과 이슬에 젖은 나방의 날개, 이끼와 숨어 있는 버섯, 야생동물의 배설물과 젖은 잎 사이를 달리는 도마뱀 냄새가 생생하게 풍겨 왔다. 발갛게 타오르는 불을 보니 그리운 마음이

들었지만 세 사람 모두 무엇을 그리워하는지 잘 알 수 없었다. 많은 것을 잃거나 혹은 두고 온 것 같았지만 잘 기억나지 않았다. 너무 멀리 떠나온 것 같았다. 타닥, 하고 튀어 오르는 불씨에 슬프고 두려운 것이 잠시 떠올랐지만 그 역시 잦아들고 대신 우유 거품처럼 부드러운 온기가 세 사람을 감쌌다. 달콤한 졸음이 밀려와 잼처럼 찐득하게 달라붙었다.

"캠프파이어에선 뭘 하니?"

공 여사가 졸음에 겨운 목소리로 물었다.

"소원 같은 걸 빌어요."

하니가 졸음을 쫓아내며 대답했다.

"시시하죠."

기린이 나뭇가지를 몇 개 불 위에 올리며 말했다.

"내 소원은 말이야…… 그 숲에 다시 가 보고 싶어. 할머니는 아직 그 숲에 그대로 살고 있을 것 같아. 잼을 만들면서."

"있잖아요, 아줌마. 소리 내서 말할 필요는 없어요. 속으로 빌면 돼요."

하니의 말에 공 여사가 살며시 웃었다.

"어쩐지 그럴 것 같더라."

"괜찮아요. 속으로 비는 거나 말로 하는 거나 별로 차이는 없을 거예요. 누구신지 모르지만……."

하니는 하늘을 잠시 올려다보고 말했다.

"잘 안 들어주시거든요."

"하니, 네 소원은 뭔데?"

"제 소원은요, 음…… 학교 캠핑은 다시는 가고 싶지 않아요. 뭐, 어차피 안 들어주실 거지만요."

하니가 나뭇가지를 하나 집어 불에 던져 넣었다. 파르르, 빨간 불씨가 공중으로 날아올랐다.

"기린 너는?"

공 여사가 물었다.

"돈이나 많이 벌었으면 좋겠어요."

기린의 얼굴에 오렌지색 불빛이 일렁였다.

기린은 하니의 흰 셔츠로 감싼 플루토를 소중하게 안고 있었다. 기린의 진짜 소원이 뭔지 하니와 공 여사는 짐작할 수 있었다.

하니가 두 손을 모닥불 위로 뻗었다. 하니의 손이 발그레하게 물들었다. 하니는 속임수나 사기는 전혀 없다는 것을 확인받듯 손을 위아래로 뒤집어 보여 주었다. 하니가 털실 뭉치를 쥐듯 양손을 둥글게 모으고 나직이 중얼거리기 시작했다. 실을 감듯 천천히 손을 돌리자 털실 뭉치는 희미하게 형체를 띠기 시작했다. 따스하고 부드러운 빛 뭉치였다. 빛 뭉치가 커다란 솜사탕만큼 부풀어 오르자 하니가 양손을 하늘을 향해 활짝 폈다. 빛 뭉치가 둥실 떠오른 순간, 퍼덕거리는 날갯짓 소리가 나고 은빛 새 한 마리가 검푸른 허공으로 날아올랐다.

은빛 깃털이 사방에 나부껴 반짝였다. 깃털 사이에서 떨어진 은빛 가루들이 부드러운 밤공기를 타고 반딧불처럼 하늘하늘 떠다니다 아름드리나무 뒤로 숨거나 나뭇가지에 매달린 벌집 속으로 기어들거나 잠든 새끼 노루의 등 위에 살며시 내려앉았다. 그대로 날아올라 밤하늘의 총총한 별이 되기도 했다. 하나 남은 빛 조각이 비실거리던 장미 줄기 위에 앉자 밤하늘의 별무리처럼 소용돌이치는 무늬를 지닌 꽃 한 송이가 피어났다.

코끼리의 숲

"일어나, 하니야."

하니가 눈을 떴다. 하지만 반은 잠들어 있었다.

"드디어 온 것 같아."

"누, 누가?"

잠결에 묻다가 정신이 확 들었다. 하니는 일어나 조용히 텐트 문을 열고 밖으로 나갔다.

축축하고 상쾌한 공기가 몸을 감쌌다. 어둑한 숲이 푸르스름한 안개 속에 잠들어 있었다. 밤이 서서히 물러가는 시간이지만 아직 숲의 안쪽은 어둠의 영역이었다. 지지 않은 달과 뜨기 시작하는 해가 하늘에 나란히 떠 있고 그 사이에 화성과 금성이 빛나고 별들이 소용돌이쳤다. 잠과 꿈, 죽은 것과 살아 있는 것이 한데 섞여 있었다. 하늘과 땅을 구분하기 힘든 시간이었다. 은빛 부드러운 카펫이 서서히 초록색으로 변해 가는 길을 하니와 코코는 함께 걸었다.

숲 속 빈터에 그들이 있었다. 둘이나 셋이 모여 있기도 했지만 대부분은 혼자였다. 백합과 국화, 장미와 수국. 그들은 자신의 꽃 옆에 조용히 앉아 있었다. 대부분은 흐릿했지만 또렷한 것도 있었다. 어린 것일수록 똑똑히 알아볼 수 있었다. 아기 사슴과 새끼 고양이, 털뭉치만 한 여우, 솜털이 돋아난 작은 새, 볼이 복숭아처럼 붉은 어린아이. 아이는 입에 손가락을 물고 하니와 코코를 물끄러미 바라봤다.

"지금이야?"

"아직."

그때 미세한 진동이 시작됐다. 쿠우웅. 다시 한 번. 이번에는 조금 더 확실해졌다. 풀잎 위의 이슬이 또르르 굴러 하니의 발등으로 떨어졌다. 쿠우웅.

안개 속에서 희미한 형체가 보이기 시작했다. 울림이 커질수록 형체가 또렷해졌다. 다가오고 있었다. 하니의 몸이 흔들렸다. 이슬을 머금었던 나무들이 머리를 우수수 흔들어 물방울을 흩뿌렸다. 나뭇가지 사이로 연한 햇살이 비쳐 들었다. 바닥을 부드럽게 덮은 풀과 그 위로 펼쳐진 무성한 나뭇잎이 내뿜는 초록빛 숨결이 만들어 낸 무지갯빛 돔이 찬란히 빛나다 서서히 사라졌다. 쿠웅. 마침내 안개를 뚫고 나타났다.

현명한 눈과 빛나는 상아, 아름다운 귀와 신비로운 코. 지상에서 가장 커다란 동물이자 이상하고 신비로운 생명체. 어미를 선두로 어린 것들이 또 다른 어미와 어미들 사이로, 그 뒤를 또 다른 어린 것들이 어미 앞에 평화롭게 줄지어 천천히 빈터를 향해 움직였다. 빈터에 있던 흐릿한 존재들이 일어나 코끼리 무리를 따랐다. 그 뒤를 아기 사슴과 새끼 고양이, 어린 여우와 작은 새, 어린아이가 따라갔다. 천천히, 천천히, 행렬은 아직 밤의 영역인 숲 속으로 향했다.

"어디로 가는 거지?"

"아름답고 안전한 곳으로."

"너도 가는 거야?"

"그래."

"같이 가자."

"……."

"같이 가는 거지, 코코?"

멀리서 작은 휘파람 소리가 들려왔다.

손을 잡고 하니는 걸었다. 부연 안개가 서서히 걷히기 시작했다. 따스하고 부드러운 공기가 뺨에 스쳤다. 숲은 비쳐든 눈부신 햇살로 일제히 반짝였다. 지저귀는 새소리와 조용히 피어

나는 꽃향기와 초록 풀 냄새가 숲에 가득 흘러넘쳤다.

"자고 있는 건가요?"

"꿈을 꾸고 있겠지."

"깨우면 안 되겠죠?"

"좀 더 자게 두자."

"손은 계속 잡고 있어요?"

"응, 꼭 잡아 줘. 넘어지지 않게."

"오늘도 꽤 덥겠어요."

공 여사가 고개를 젖혀 하늘을 올려다봤다.

"딱 좋은 날이네."

공 여사의 말에 기린이 싱긋 웃었다.

바다

마침내 바다에 도착했다.

세상의 끝

바다를 향해 하니와 기린이 달렸다. 그 뒤를 공 여사가 천천히 걸어갔다.

푸른빛이 몰려왔다. 하니와 기린이 조심스레 파도에 발을 적셨다. 발을 살짝 간질이고 파도는 잽싸게 달아났다. 하니와 기린은 파도를 쫓아갔다. 푸른 파도 위로 꽃무늬 원피스가 넘실거렸다. 수평선 끝에서 바람이 달려왔다. 기린의 모자가 뒤집혀 날아갔다. 하니가 큰 소리로 웃었다. 기린도 마주 보며 웃었다. 공 여사가 기린의 모자를 주워 들었다. 아이들이 공 여사를 향해 손을 흔들었다. 공 여사는 조용히 미소 지어 보였다.

햇살은 따스하고 파도는 반짝였다. 저 멀리 수평선 위로 뭉게구름이 솟아올랐다. 발가락 사이로 부드러운 모래가 스며들었다. 하얗게 파도가 부서지는 해안가에 이따금 갈매기가 날아앉을 뿐 아무도 없었다.

때가 됐다는 걸 알았다. 하니와 공 여사는 차례로 플루토를 잠시 어루만졌다. 하얀 뼈가 햇살에 닿아 말갛게 빛났다. 기린이 플루토를 안고 바닷속으로 들어갔다. 푸른 물 속에 활짝 핀 꽃이 일렁였다.

원피스가 크게 펄렁인 순간. 분홍빛 고래 한 마리가 바다를 뚫고 하늘로 솟구쳐 올랐다. 분홍 물보라가 폭포수처럼 쏟아져 내렸다. 빛 조각들이 부서져 날렸다. 물보라 사이로 수많은 무지개가 걸렸다 푸른 물 속으로 천천히 사라졌다. 수면은 고요해지고 남은 빛 조각들이 미세하게 떠돌았다. 그때 분홍 고래가 또다시 뛰어올라 아름다운 반원을 그렸다. 고래의 등에 기린이 타고 있었다. 분홍 고래가 푸른 하늘을 천천히 유영했다. 기린의 원피스가 깃발처럼 나부꼈다. 물방울 같은 웃음소리가 퍼져 나갔다.

한참 동안 분홍 고래는 기린의 주위를 맴돌았다. 그리고 마침내 결심했다는 듯이 푸른 파도를 가르고 수평선을 향해 헤엄쳐 갔다. 기린이 그 뒤를 조금 따라 걷다 멈춰 섰다. 하니와 공여사는 가느스름하게 뜬 눈으로 빛나는 햇살 속으로 헤엄쳐 가는 아름다운 분홍 고래를 좇았다. 기린의 어깨가 조그맣게 들썩였다. 울고 싶은 만큼 울도록, 두 사람은 모래 위에 앉아 기다려 주었다.

"아마존 분홍 돌고래 전설 들어 보셨어요?"

"뭔데?"

"보름달이 뜬 밤 사람으로 변해서 마을로 찾아와 마음에 드는 사람을 데려간대요."

"어디로?"

"아마존 숲 아래 바다 깊은 곳에 있는 도시래요. 그곳은 너무도 아름답고 황홀해서 아무도 돌아오고 싶어 하지 않는대요."

하니와 공 여사가 바닷속에 서 있는 기린을 향해 고개를 돌렸다. 기린의 몸이 푹 꺾이더니 갑자기 사라져 버렸다.

앗.

하니와 공 여사는 외마디 소리를 내며 벌떡 일어났다. 수면에 죽은 듯 엎드린 기린이 보였다.

파도를 따라 꽃무늬 원피스가 물고기 지느러미처럼 하늘거렸다. 푸른 물 위에 몸을 맡긴 기린을 붙잡는 건 아무것도 없었다. 바닷속은 따스하고 부드러웠다. 기린은 이대로 이 평온한 곳에 머물고 싶었다. 기린은 옆구리가 가렵기 시작했다. 작은 지느러미가 생겨나는 것이 느껴졌다. 몸 어딘가 아가미가 생기는 것도 느낄 수 있었다. 기린은 조용히 숨을 내쉬었다. 기린의 길고 가느다란 팔과 다리가 이따금 물살을 가르며 비늘처럼 하얗게 빛났다.

바람이 불어왔다. 신선한 파도와 하얀 소금과 은빛 물고기의 지느러미와 파스텔 색 해파리와 진홍빛 산호초의 냄새가 뒤섞인 바람 속에서 희미하게 숲 냄새가 났다.

공 여사는 고개를 돌려 하얀 모래밭 위에 이어진 새들의 발자국을 눈으로 조용히 좇았다. 발자국이 끝나는 곳에 초록빛이 일렁이며 반짝였다. 공 여사는 숨을 크게 들이마셨다. 달콤하면서도 신선했다. 어딘가 익숙한 냄새였다. 없어질 듯 다시 나타나는 외딴길에서 풍겨 오던 냄새. 숲으로 가는 길이었다.

숲 속으로 향하는 길은 풀숲에 가려 찾기 힘들지만 울창한 나무 사이로 찾아든 선명한 노란색 햇빛 아래 과일이 무럭무럭 자라날 것이다. 그곳에선 어리고 작은 것들이 두려움 없이 뛰놀고 소리 높여 웃는 소리가 가득하다. 아마 작은 집도 한 채 있을 것이다. 햇살과 바람이 잘 드는 부엌에서 사철 내내 잼 만드는 냄새가 풍겨나는 작고 아늑한 집. 반죽이 부풀고 잼이 조려지길 기다리는 동안 좋아하는 책을 가득 꽂은 선반에서 고른 책을 읽다 문득 고개를 돌리면 창밖으로 멀리 푸른 바다가 보인다. 작고 소박하지만 아늑하고 평화로워 밤이면 푹 잠들고, 간혹 아름다워 깨어나고 싶지 않은 꿈을 꾸고, 아이처럼 날마다 작은 기대에 넘쳐 눈을 뜨는 곳, 그곳이 바로 우리 집이 될 것이다.

원피스 자락에서 물을 떨어뜨리며 기린이 바다에서 돌아오고 있었다. 이따금 아이들을 위해 쿠키도 구워야겠다고 공 여사는 생각했다.

"이제 갈까?"

공 여사가 말했다. 하니와 기린이 고개를 끄덕였다.

하니는 모래 위를 걷다 멈춰 뒤돌아보았다. 멀리 파도 속으로 코코가 뛰어드는 것이 보였다. 한바탕 신나게 물장구를 치더니 고개를 젖혀 큰 소리로 웃었다. 하니도 웃고 싶었지만 어쩐지 배가 쿡쿡 쑤셔 왔다. 심장까지 아파 와 하니는 눈앞이 흐릿해졌다. 코코가 고개를 돌려 하니를 향해 손을 흔들었다.

하니도 손을 흔들어 조용히 작별했다.

안녕, 코코.

작가의 말

불현듯 하니와 코코라는 이름이 떠올랐다. 이름이 떠오르자 하니와 코코는 차츰 모습을 갖추고 생생하게 살아나기 시작했다. 좋아하는 음식과 잠버릇, 즐겨하는 말과 떨치지 못하는 습관, 싫어하는 것과 두려워하는 것, 여간해서는 드러내지 않는 슬픔과 지독히도 이루어지지 않는 소원. 그러나 두 소녀는 과묵했다. 오랫동안 내게 아무 말도 건네지 않았다. 그저 내 안에 잠자코 있는 하니와 코코의 조용한 기척을 느낄 뿐이었다. 그런데 어느 날 갑자기 하니와 코코가 내게 말을 걸어왔다.

쉰일곱 개 화분에 물을 준 뒤 고깃국 냄비의 기름을 닦고 나자 공맹희 여사가 할 일은 다 끝났다.

그것이 내가 쓴 첫 문장이었다. 어째서 공맹희 여사가 등장했는지 모를 일이었다. 나는 내 소설의 결말을 알지 못하고 쓴다. 소설의 시작 역시 거의 예상치 못한다. 중간은 더욱 모르겠다.

단지 나는 따라갈 뿐이다. 하니와 코코, 그리고 공 여사와 고물 자동차 뒤를. 길을 잃고 헤매거나 망설이고 주저하면서도 멈추지 않는 발걸음을 뒤따른다. 때로는 다소 속도가 나기도 한다. 그러면 부지런히 그 보폭에 맞춘다. 혹 그들에게 기쁜 일이 생기면 춤도 좀 추면서 따라간다. 정신없이 따라가다 보니 소설은 로드 트립 비슷한 것으로 보이기도 한다. 어디로 가는 것일까. 가려는 곳이 있기라도 한 걸까. 기린이란 소년의 등장 역시 전혀 예상치 못했다. 여행이란 우연의 연속이니, 그만한 우연쯤은 아무것도 아니다. 목적지는 불분명하지만 어쨌든 그들은 계속 여행한다. 그런데 나는 왜 하니와 코코, 공여사와 기린의 뒤를 쫓고 있는 걸까?

소설의 초고를 쓴 뒤 나는 조금 긴 여행을 떠났다. 『삐삐 롱스타킹』을 쓴 린드그렌의 나라, 매년 겨울이면 노벨상 시상식이 열리는 도시에서 석 달을 머물렀다. 숲과 호수로 둘러싸인 도시의 풍경은 아름다웠다. 잠시 빌려 쓴 집 침실 밖으로 작은 숲처럼 무성한 마당이 내려다보였다. 침대에 누워 아침 햇살이 조용히 움직이는 것을 바라보다 창을 열고 손을 내밀어 사과 하나를 따 먹었다. 사각, 하고 신선한 맛이 났다. 도시에는 혼자 휠체어를 타고 버스를 타고 내리는 이들과 공원에서 뛰노는 아이들과 그 아이 뒤를 유모차를 밀며 뒤따르는 아빠들이 많이 보여서 좋았다. 여왕의 궁전 마당에 앉아 음악을 듣고 있던 소녀의 모습이 어째 좋아 보였다. 정원을 지나 호수를 돌아 여왕의 양도 구경하고 두 시간 뒤쯤 같은 곳을 지나치자 소녀는 여전히 똑같은 모습으로 앉아 있었다. 그곳은 여왕도 소녀도 여왕의 양도 공평하게 햇살을 나누고 있었다. 그들도 물론, 마음 한 편 그늘진 숲 하나씩은 숨기고 있을 것이다. 여행을 끝내고 집으로 돌아온 뒤 나는 소설의 한 챕터를 보충해 썼다. 소설의 큰 흐름과는 상관없는 이야기다. 하지만 그 챕터를 쓰고 나자 비어 있던 퍼즐의 마지막 조각을 찾아내어 완성한 느낌이 들었다. 마지막 한 조각은 어딘가에서 나를 기다리고 있었던 기분이었다. 어쩌면 영영 찾아내지 못했을지도 모를, 소중한 것이었는지도 모른다. 아마 그럴 것이다.

잊거나 잃거나 빼앗긴 조각들을, 우리 모두는 지니고 있다. 아니, 한때 지녔다. 혹은 상실하는 중인지도 모른다.

아직은 남아 있는 소중한 것을 향해, 그들은 가고 있었던 것 같다. 완전히 잃거나 빼앗기고 싶지 않아서, 지키고 싶다는 마음 하나로 떠난 것이다. 너무 늦은 것이 아니었으면 좋겠다. 도착한 그곳이 이곳보다는 나은 곳이면 좋겠다. 하니와 코코, 공여사와 기린, 그리고 모두 무사하길. 어리고 작은 것들이 어딘가에 살아 주었으면, 그곳이 안전하고 평화로운 곳이었으면 좋겠다. 하지만 내가 진정 원하는 건.

숨어들고 싶은 숲이 아니라 모든 곳이 숲이 되는 것이다.

책이 나오기까지 애써 주신 비룡소 편집자님들께 감사하다. 그리고 언제나 나의 든든한 숲이 되어 주는 부모님과 내 자매들, 고맙다.

아이들은 누구나 자기만의 숲을 찾는다.

2017년 공기에서 가을 냄새가 나는 날, 최상희

블루픽션 39

하니와 코코

1판 1쇄 펴냄 2017년 10월 13일
1판 2쇄 펴냄 2018년 12월 3일

지은이 최상희
펴낸이 박상희
편집장 박지은
편집 장은혜
디자인 인수정

펴낸곳 (주)비룡소
출판등록 1994년 3월 17일 제16-849호
주소 06027 서울시 강남구 도산대로1길 62 강남출판문화센터 4층
전화 영업 02)515-2000 편집 02)3443-4318,9 팩스 02)515-2007
홈페이지 www.bir.co.kr
제품명 어린이용 반양장 도서 제조자명 (주)비룡소 제조국명 대한민국 사용연령 3세 이상

ISBN 978-89-491-2343-1 44800
978-89-491-2053-9 (세트)

이 도서의 국립중앙도서관 출판시도서목록(CIP)은 서지정보유통지원시스템 홈페이지(http://seoji.nl.go.kr)와 국가자료공동목록시스템(http://www.nl.go.kr/kolisnet)에서 이용하실 수 있습니다.
(CIP제어번호 : CIP2017024894)

| **블루픽션** 시리즈

1. 스켈리그 데이비드 알몬드 글/ 김연수 옮김
안데르센 상, 엘리너 파전 문학상, 카네기 상, 휘트브레드 상, 마이클 L.프린츠 상,
어린이도서연구회 권장 도서, 책교실 권장 도서, 중앙독서교육 추천 도서

2. 운하의 소녀 티에리 르냉 글/ 조현실 옮김
소르시에르 상, 어린이도서연구회 권장 도서

3. 내 이름은 미나 데이비드 알몬드 글/ 김영진 옮김
안데르센 상, 엘리너 파전 문학상, 카네기 상, 휘트브레드 상, 마이클 L.프린츠 상

4. 0에서 10까지 사랑의 편지 수지 모건스턴 글/ 이정임 옮김
밀드레드 L. 배첼더 상, 어린이도서연구회 권장 도서

5. 희망의 섬 78번지 우리 오를레브 글/ 유혜경 옮김
안데르센 상 수상 작가, 밀드레드 L. 배첼더 상, 머더카이 상, 아침햇살 선정 좋은 어린이 책,
중앙독서교육 추천 도서, 책교실 권장 도서, 책따세 추천 도서

6. 뤽스 극장의 연인 자닌 테송 글/ 조현실 옮김
프랑스 '올해의 청소년 책', 소르시에르 상, 어린이도서연구회 권장 도서, 열린 어린이가 뽑은 좋은 책

7. 전쟁이 끝나면 다시 만나 제니퍼 암스트롱 외 글/ 임옥희 옮김
문화관광부 추천 도서

9. 이매지너리 프렌드 매튜 딕스 글/ 정회성 옮김

10. 초콜릿 전쟁 로버트 코마이어 글/ 안인희 옮김
미국 도서관 협회 선정 도서, 뉴욕타임스 선정 도서, 어린이도서연구회 권장 도서

11. 전갈의 아이 낸시 파머 글/ 백영미 옮김
뉴베리 상, 국제 도서 협회 선정 도서, 마이클 L. 프린츠 상, 책교실 권장 도서, 어린이도서연구회 권장 도서

12. 내 안의 마녀 마거릿 마이 글/ 햇살과나무꾼 옮김
카네기 상, 보스턴 글러브 혼 북 아너 상 수상작, 미국도서관협회 선정 최고의 청소년 책,
북리스트 선정 편집자 추천 도서, 스쿨라이브러리저널 선정 최고의 책

13. 나의 산에서 진 C. 조지 글/ 김원구 옮김
뉴베리 상, 미국 도서관 협회 선정 도서, 어린이도서연구회 권장 도서,
열린 어린이가 뽑은 좋은 책, 책교실 권장 도서

14. 먼 산에서 진 C. 조지 글/ 김원구 옮김

17. 푸른 황무지 데이비드 알몬드 글/ 김연수 옮김
안데르센 상, 엘리너 파전 문학상, 스마티즈 상, 마이클 L.프린츠 상, 어린이도서연구회 권장 도서

18. 킬리만자로에서, 안녕 이옥수 글

19. 레모네이드 마마 버지니아 외버 울프 글/ 김옥수 옮김

20. 기억 전달자 로이스 로리 글/ 장은수 옮김
뉴베리 상, 보스턴 글로브 혼 북 명예상, 어린이도서연구회 권장 도서,
열린 어린이가 뽑은 좋은 책, 교보문고 추천 도서

21. 내 안의 또 다른 나 조지 E. L. 코닉스버그 글 · 그림/ 햇살과나무꾼 옮김
어린이도서연구회 권장 도서, 교보문고 추천 도서

22. 내 인생의 스프링캠프 정유정 글
세계청소년문학상, 문화관광부 교양 도서, 어린이도서연구회 권장 도서,
교보문고 추천 도서, 학도넷 추천 도서

23. 줄무늬 파자마를 입은 소년 존 보인 글/ 정회성 옮김
아일랜드 '오늘의 책', 행복한 아침독서 추천 도서, 교보문고 추천 도서

24. 이상한 나라에 빠진 앨리스 지은이 알 수 없음/ 이다희 옮김
고래가 숨쉬는 도서관 추천 도서, 교보문고 추천 도서

25. 파랑 채집가 로이스 로리 글/ 김옥수 옮김
어린이도서연구회 권장 도서

26. 하이킹 걸즈 김혜정 글
블루픽션상, 한국문화예술위원회 우수문학도서, 책따세 추천 도서, 학도넷 추천 도서

27. 지구 아이 최현주 글
제11회 블루픽션상 수상작

28. 나는 브라질로 간다 한정기 글
황금도깨비상 수상 작가, 소년조선일보 추천 도서, 중앙일보 추천 도서

29. 키싱 마이 라이프 이옥수 글
한국문화예술위원회 우수문학도서, 어린이도서연구회 권장 도서, 교보문고 추천 도서,
전국독서새물결모임 추천 도서, 학교도서관저널 추천 도서

30. 꼴찌들이 떴다! 양호문 글
블루픽션상, 행복한 아침독서 추천 도서, 교보문고 추천 도서, 책따세 추천 도서,
경기도학교도서관사서협의회 추천 도서, 중앙일보 북클럽 추천 도서

31. 우연한 빵집 김혜연 글

32. 생쥐와 인간 존 스타인벡 글/ 정영목 옮김
미국 도서관 협회 선정 도서, 국립어린이청소년도서관 추천 도서

33. 두 개의 달 위를 걷다 샤론 크리치 글/ 김영진 옮김
뉴베리 상, 미국 어린이 도서상, 스마티즈 북 상, 영국독서협회 상 수상작,
경기도학교도서관사서협의회 추천 도서, 학도넷 추천 도서

34. 침묵의 카드 게임 E. L. 코닉스버그 글/ 햇살과나무꾼 옮김
스쿨 라이브러리 저널 선정 최고의 책, 에드거 앨런 포 상 노미네이트,
경기도학교도서관사서협의회 추천 도서, 아침독서 추천 도서

35. 빅마우스 앤드 어글리걸 조이스 캐럴 오츠 글/ 조영학 옮김
스쿨 라이브러리 저널 선정 최고의 책, 미국 도서관 협회 선정 최고의 청소년 책,
뉴욕 공립 도서관 추천 도서, 학교도서관저널 추천 도서

36. 서쪽 마녀가 죽었다 나시키 가오 글/ 김미란 옮김
소학관 문학상, 일본 아동문학가협회 신인상, 한국간행물윤리위원회 청소년 권장 도서,
어린이도서연구회 권장 도서, 아침독서 추천 도서, 책따세 추천 도서

37. 닌자걸스 김혜정 글
전국학교도서관담당교사모임 추천 도서, 아침독서 추천 도서

38. 첫사랑의 이름 아모스 오즈 글/ 정회성 옮김
안데르센 상, 제브 상

39. 하니와 코코 최상희 글
블루픽션상, 사계절문학상 수상 작가

40. 파랑 치타가 달려간다 박선희 글
제3회 블루픽션상 수상작, 학교도서관저널 추천 도서, 아침독서 추천 도서,
어린이도서연구회 권장 도서, 책따세 추천 도서, 문화체육관광부 우수교양도서

41. 피그맨 폴 진델 글/ 정회성 옮김
보스턴 글로브 혼 북 명예상, 뉴욕 타임스 선정 도서, 맥시 상,
미국 도서관 협회 선정 최고의 청소년 책, 국립어린이청소년도서관 추천 도서

42. 어쩌자고 우린 열일곱 이옥수 글
한국도서관협회 우수문학도서, 학교도서관저널 추천 도서

43. 앉아 있는 악마 김민경 글

44. 최후의 Z 로버트 C. 오브라이언 글/ 이진 옮김
뉴베리 상 수상 작가

45. 스카일러가 19번지 코닉스버그 글/ 햇살과나무꾼 옮김
뉴베리 상 2회 수상 작가, 학교도서관저널 추천 도서

46. 줄리엣 클럽 박선희 글
제3회 블루픽션상 수상 작가, 대한출판문화협회 선정 올해의 청소년 도서,
한국도서관협회 선정 우수문학도서

47. 번데기 프로젝트 이제미 글
제4회 블루픽션상 수상작

48. 뚱보가 세상을 지배한다 K.L. 고잉 글/ 정회성 옮김
마이클 L. 프린츠 아너 상

49. 파랑 피 메리 E. 피어슨 글/ 황소연 옮김
미국학교도서관저널, 미국도서관협회 선정 청소년 분야 '최고의 책',
학교도서관저널 추천 도서, 책따세 추천 도서

50. 판타스틱 걸 김혜정 글
제1회 블루픽션상 수상 작가, 대한출판문화협회 선정 올해의 청소년 도서,
고래가 숨쉬는 도서관 선정 도서, 한국도서관협회 선정 우수문학도서,
경기도학교도서관사서협의회 추천 도서

52. 우리들의 짭조름한 여름날 오채 글
마해송 문학상 수상 작가, 한국도서관협회 선정 우수문학도서,
국립어린이청소년도서관 추천 도서, 경기도학교도서관사서협의회 추천 도서,
2017 순천시 One City One Book 선정 도서

53. 웰컴, 마이 퓨처 양호문 글
제2회 블루픽션상 수상 작가, 대한출판문화협회 선정 올해의 청소년 도서,
경기도학교도서관사서협의회 추천 도서

54. 초록 눈 프리키는 알고 있다 조이스 캐럴 오츠 글/ 부희령 옮김
미국 내셔널북어워드, 오헨리 상 수상 작가, 경기도학교도서관사서협의회 추천 도서,
국립어린이청소년도서관 추천 도서

55. 사람을 구하는 모퉁이 집 도 판 란스트 글/ 김영진 옮김
독일 청소년 문학상 수상작, 경기도학교도서관사서협의회 추천 도서

56. 메신저 로이스 로리 글/ 조영학 옮김
뉴베리 상, 보스턴 글로브 혼 북 명예상 수상 작가, 경기도학교도서관사서협의회 추천 도서

57. 아메데오의 보물 코닉스버그 글/ 햇살과나무꾼 옮김
뉴베리 상 2회 수상 작가, 학교도서관저널 추천 도서

59. 고백은 없다 로버트 코마이어 글/ 조영학 옮김
전미 도서관 협회 선정 청소년을 위한 최고의 책,
퍼블리셔스 위클리 선정 최고의 책, 북리스트 편집자의 선택

60. 아몬드 초콜릿 왈츠 모리 에토 글/ 고향옥 옮김
나오키 상, 일본 고단샤 아동문학상 수상 작가

61. 개 같은 날은 없다 이옥수 글
2013 서울 관악의 책 , 목포시립도서관 추천 도서 , 울산남부도서관 올해의 책,
책따세 추천 도서, 한국간행물윤리위원회 청소년 권장 도서, 한국도서관협회 우수문학도서,
국립어린이청소년도서관 추천 도서

62. 누가 내 칫솔에 머리카락 끼웠어? 제리 스피넬리 글/ 이원경 옮김

63. 명탐정의 아들 최상희 글
제5회 블루픽션상 수상 작가, 문화체육관광부 우수교양도서

64. 갈까마귀의 여름 데이비드 알몬드 글/ 정회성 옮김
안데르센 상, 엘리너 파전 문학상, 카네기 상, 휘트브레드 상 수상 작가

65. 파랑의 기억 메리 E. 피어슨 글/ 황소연 옮김

66. 천 개의 언덕 한나 얀젠 글/ 박종대 옮김

67. 하필이면 왕눈이 아저씨 앤 파인 글/ 햇살과나무꾼 옮김
카네기 메달, 가디언 어린이 픽션 상

68. 반드시 다시 돌아온다 박하령 글
제10회 블루픽션상 수상작, 학교도서관저널 추천 도서, 세종도서 문학나눔 선정 도서

69. 원더랜드 대모험 이진 글
제6회 블루픽션상 수상작, 국립어린이청소년도서관 추천 도서, 아침독서 추천 도서

70. 나는 일어나, 날개를 펴고, 날아올랐다 조이스 캐럴 오츠 글/ 황소연 옮김
미국 내셔널북어워드, 오헨리 상 수상 작가

71. 칸트의 집 최상희 글

제5회 블루픽션상 수상 작가, 아침독서 추천 도서, 세종도서 문학나눔 선정 도서

72. 태양의 아들 로이스 로리 글/ 조영학 옮김

뉴베리 상, 보스턴 글로브 혼 북 명예상 수상 작가

73. 마법의 꽃 정연철 글

푸른문학상 수상 작가, 세종도서 문학나눔 선정 도서, 학교도서관저널 추천 도서

74. 파라나 이옥수 글

학교도서관저널 추천 도서, 사계절문학상 수상 작가, 책따세 추천 도서, 국립어린이청소년도서관 추천 도서, 세종도서 문학나눔 선정 도서, 아침독서 추천 도서

75. 그 여름, 트라이앵글 오채 글

마해송 문학상 수상 작가, 국립어린이청소년도서관 추천 도서, 아침독서 추천 도서

76. 밀레니얼 칠드런 장은선 글

제8회 블루픽션상 수상작, 학교도서관저널 추천 도서, 아침독서 추천 도서

77. 아르주만드 뷰티 살롱 이진 글

블루픽션상 수상작가, 한국출판문화진흥원 우수 콘텐츠 제작 지원 당선작

78. 굿바이 조선 김소연 글

⊙ 계속 출간됩니다.